ちくま文庫

片山廣子随筆集

ともしい日の記念

片山廣子
早川茉莉 編

筑摩書房

もくじ

本書『片山廣子随筆集　ともしい日の記念』は、片山廣子／松村みね子『燈火節』（二〇〇四年、月曜社）を底本として選んだ作品に、単行本未収録の「遠慮」（『尖端』一九二九年三月創刊号、尖端発行所）、「Kの返した本」（『創作月刊』一九二八年十月号、文藝春秋社）の二編を加え、早川茉莉が新たに編集したちくま文庫オリジナルです。

作品の文字づかいは底本の表記に従いましたが、正字は新字にしています。また、ところどころふりがなを補いました。

本書の注（＊）は今回の文庫のために付されたものです。

本書中には、今日の人権意識に照らして不適切と思われる語句がありますが、著者が故人であること、差別を助長する意図で使用していないこと、時代背景を考慮し、底本のままとしました。

片山廣子随筆集　ともしい日の記念

或る国のこよみ

はじめに生れたのは歓びの霊である、この新しい年をよろこべ！

一月　霊はまだ目がさめぬ
二月　虹を織る
三月　雨のなかに微笑する
四月　白と緑の衣を着る
五月　世界の青春
六月　壮厳
七月　二つの世界にゐる
八月　色彩
九月　美を夢みる
十月　溜息する

十一月　おとろへる

十二月　眠る

ケルトの古い言ひつたへかもしれない、或るふるぼけた本の最後の頁に何のつながりもなくこの暦が載つてゐるのを読んだのである。この暦によると世界は無限にふくざつな色に包まれてゐる。一月二月三月四月の意味はよくわかる。五月が青春であるのは、わが国に比べるとひと月遅いやうに思はれる、もつと北に寄つた国であるからだらう。したがつて、六月のすばらしさも一月おくれかもしれぬ。七月、霊が二つの世界にゐるといふのは、生長するものと衰へ初めるものとの二つの世界のことであらうか？　八月、色彩といふのは空の雲、飛ぶ鳥の羽根や、山々のみどり、木草の花の色、それが一時にまぶしいほど強烈で、ことに北の国は春から夏に一時にめざましい色を現はす。九月、美を夢みるといふのは八月の美しさがまだ続いて、やや静かになつてゆく季節。十月は溜息をする、さびしい風が吹く。十一月、すべての草木が疲れおとろへ、十二月、眠りに入る。この霊といふ字がすこし気どつた言葉のやうで、これを自然といふ字におき代へて読みなほしてみた。その方がはつきりする。

この季節を色別《わ》けしてみると、白、うす黄、青、緑、紅と菫《すみれ》いろ、黄と赤、灰色と黒、こんなものかと思はれる。陰陽五行説といふことをいつぞや教へられた。それは、木火金水に春夏秋冬の四時、青赤白黒の四色を配したのださうである。春が青く、夏が赤く、秋が白く、冬が黒いのである。私にはかういふむづかしい事はよく分らないけれど、染色の方からいふと、普通に原色といふのは紅黄青である。青は黒に通じ、紅は黄をふくみ、紫にも通じる。白は？　白は或る時は黒くもなり、青くもなるやうである。絵の方は少しも知らないから私には何も言へないが、自分の好む道、短歌の中ですこしばかりこの色別けをしてみようと思つた。古歌についてである。現代の歌の色彩はかなり強いものがあるやうだけれど、古歌の色はすべて淡い。そして一つの色でなくいくつもの陰影や感じがふくまれて別の色に見えることもある。織物に玉虫いろといふのがある、それに似てゐる。

「石《いは》ばしる垂水《たるみ》の上のさ蕨《わらび》のもえいづる春になりにけるかも

「春日野《かすがの》の雪間をわけて生ひ出づる草のはつかに見えし君かも

「水鳥の鴨の羽のいろの春山のおぼつかなくも念《おも》ほゆるかも

これはまだ春浅い日ごろ、青といへないほどのうす黄の色、白も青もある。いはゆるケルトの暦の、自然が虹を織るといつた「希望の月」二月のほの温かいものがふくまれてゐる。

「わが背子が見らむ佐保道《さほぢ》の青柳を手折りてだにも見むよしもがも

「春の野に霞たなびきうらがなしこの夕かげにうぐひす鳴くも
「春日野に煙立つ見ゆをとめらし春野の菟芽子《うはぎ》採《つ》みて煮らしも
「春の野に菫摘まむと来し吾ぞ野をなつかしみ一夜宿《ね》にける
「春の苑《その》くれなゐ匂ふ桃の花した照る道にいで立つをとめ
これは青と紅、うす紅、紫である。霞でさへも白くはない、うす紫であらうか、草を焼く煙も純粋に白ではない。すべて柔かい、暖い春の色である。日本には椿と桃より濃い色の春の花はなかつたやうに思はれる。
「ほととぎすそのかみ山の旅にしてほの語らひし空ぞ忘れぬ
「卯の花の咲ける垣根に時ならで我が如《ごと》ぞ鳴く鶯《うぐいす》の声
「朝《あした》咲き夕《ゆふべ》は消《け》ぬる鴨頭草《つきくさ》の消ぬべき恋も吾はするかも
「住吉《すみのえ》の浅沢小野の杜若《かきつばた》衣に摺《し》り着けきむ日知らずも
「妹《いも》として二人作りし吾が山斎《しま》は木高く繁くなりにけるかも
ほととぎすが鳴いた山の旅では、夏山の青い色ばかりではない、ほのかに話をしてゐた時、空は夕ばえの紅《べに》であつたらうか？　あるひは空のしらみ明けてゆく暁ごろのうすいピンクであつたらうか？　月の光もなく夜の暗さも見えないから、夜ではないと思ふ。卯の花は白く、鴨頭草は青く、かきつばたはうすい紫、あるひは青に紅の交りあつた色かとおもはれる。亡くなつた妹と二人で作つた山斎は黒くさへ見えるほど深い緑である。

「一本のなでしこ植ゑしその心誰に見せむと思ひそめけむ

「秋さらば移しもせむと吾が蒔きし韓藍《からあゐ》の花を誰か採みけむ

「朝霧のたなびく田居に鳴く雁をとどめ得むかも吾が屋戸の萩

「栽《う》ゑし植ゑば秋なき時や咲かざらむ花こそ散らめ根さへ枯れめや

「暁と夜鴉なけどこの丘の木末《こぬれ》の上はいまだ静けし

「長からむ心も知らず黒髪の乱れて今朝はものをこそ思へ

なでしこは夏から秋につづく。これは濃い紅である。韓藍の花は紅よりも赤であらうか？　朝霧は白く萩の花は紅く、雁の鳴く田はもう黄ばんでゐるだらうか？　まだ少し早い？　業平の「栽ゑし植ゑば」は黄ろい菊と思はれるが、それとも白菊でもあるか？　丘の木々の上はまだ静かな暁、これは白く、それにうす暗いもの、黒が残つてゐる。黒髪の乱れる朝を私は春でも夏でもなく、秋の景色に見た。黒髪の黒い色はあまり強くない、気分はさめかけた紫、なほも行末を頼むうす紅の色、同時に現在から未来にかけての不安は枯葉色、そんな複雑な色の交る歌と思つた。

「桐の葉も踏み分けがたくなりにけり必らず人と待つとならねど

「木の葉ふりしぐるる雲の立ち迷ふ山の端みれば冬は来にけり
「甚《はなは》だも降らぬ雪ゆゑこちたくも天つみ空は曇らひにつつ
「寂しさに耐へたる人のまたもあれな庵《いおり》ならべむ冬の山里
「鵲《かささぎ》のわたせる橋におく霜の白きをみれば夜ぞ更けにける

桐の葉は、あたらしい落葉も古い落葉もすべて枯葉いろ、新しく散つたばかりの時すこしは秋の黄ばんだ色も見えるだらう。作者の心は灰いろである。山の木の葉が散るとき、赤いもみぢ葉も黄いろい葉も交る。つまらない枯葉も交る、しぐれる雲はうす墨のいろ。あまりたくさん降らない雪がまだ空にいつぱい残つてゐる時、空も空気もすべて銀ねずみ色。寂しい冬の山里は何も色がない。西行が一人住むその庵だけが、遠くから見れば、黒くも褐色にも眺められるだらう。夜が更けてお庭の霜がしろい、しかしその白さを包んで夜の黒さがある、作者も読者もその暗い寒さを感じてゐる。

(私の手許に古い歌の本が何もないので、殆《ほとん》どめちやに書き並べた)

こんな色わけをしてみても、別に面白いこともなく、むしろ物はかない気持さへする、書き並べた歌のせゐもあるだらう。そして、私はよその国の暦の事を殆ど忘れてしまつてゐる。遠い遠い万葉時代の野の花の色でさへも、私にはよその国の見たこともない森の色や、空や水の色よりも親しく思はれる。

一月　霊はまだ目がさめぬ

新年

凡《すべ》てのもの、ブランクになる時を新年といふのか?

ふだんはぎゆう〳〵記事をつめこんで充実してゐる新聞はのせる事柄がないのに困つたあげく、きよとんとした「名士」の写真をごた〳〵にかゝげるし、山の木《き》の葉《は》は去年のうちにすつかり落ちて、今年の葉はまだありはしない。さうして、人間までが暮にすつかり使つちやつたと見えてひどく寒むさうな顔をしてゐる。

新年なる現象は私のちひさい時分には一月いつぱい続いたと思ふけれど、だん〳〵短かくなつて、今では元旦一日にちゞまつたやうだ。

これは今になくなつてしまふかもしれない。

なぜかと云へば、ほかが凡て充満してゐる場合には、そしてその充満の圧力がなほ増してくる場合には、彼等は——物でも人間でもが——自分の居場所を探しはじめる。そしてブランクの場所はどん〳〵ふさがつて行《ゆ》く。郊外が発展したのも、ビルヂングが建つたのも、そして「新年」が短かくなつたのも、みんな同じ理窟だ。

「新年」がもうすでになくなつた世界が可成《かなり》ある。

勤人《つとめにん》にとつてはそれは二三日つゞく休日にすぎない。そして、荷馬《にうま》も新年をもたない。彼等はこのごろ、初荷のぴらしやらした飾りをつけなくなつた。

それから、をかしなことには、封建時代を描いてゐる筈《はず》の剣劇映画に新年の場面がろくにないことだ。あつても大岡政談の続編のやうに、それが必らず新年であるのを必要としない程度なのだ。ちよんまげに大小さした時代はたしかに「新年」のひどく貴重な時代だつたに違ひない。だから、原作者の、あるひは脚色者の、筋の取扱ひ方がどんな方法だつたにしても、「新年」なる場面がもつと堂々と出てきても少しも変ではないのだが、彼等はたぶんそんなもの、存在を忘れてゐるんだ。そしてもし彼等が何かの拍子にそれを思ひ出したら、そんなものを彼等の作品の中に入れるのは取つてつけたやうだなと思ふかもしれないし、入れる勇気のある人はそれを添へものにしてしまふのだ。

それでなければ、読者や観客が承知しないからだ。作者たちはまことによくそれを心得てゐるから、封建時代の新しい解釈とともに現代に不用な部分はどん〳〵切り捨てられてゆく。そして正しくその一つに、新年も数へられてゐると見える。

だけれど、「新年」がどんなに変化して来ても、それがある以上、新年についてまはつてゐるのは、すくなくとも日本では、寒さだ。これは、当分変りさうもない。

私の住んでゐるところにはまだ雀が沢山ゐる。彼等はふだんあまりはつきりした存在でないのだが、新年は彼等の存在をひどく鮮かにする。人間どもが寒さでいぢけてゐるとき、その耳には雀どものぴいつく〳〵が日光の反射のやうに賑やかにきこえて来る。木の枝や土の上をうじや〳〵歩いてる彼等は、ねずみ色の一向つまらない奴等なんだが。

そして、第一、暮のうちは何処にゐるのかちつとも見えないのに、新年になつて出てくるのは、彼等はもしや、新年の幽霊なんだらうか?

過去となつたアイルランド文学

今はもう昔のこと、イエーツは一九二三年にノーベル文学賞をもらつた時の感想を書いてゐる――その時私の心にはここにゐない二人のことが考へられた。遠い故郷にただ一人で寂しく暮らしてゐる老婦人と、わかくて死んだもう一人の友と――。グレゴリイ夫人とシングとはイエーツと共にアイルランドの文芸運動を起した中心の人たちであるから、イエーツはいま自分が貰ふノーベル賞は三人が共に受けるべきものと思つたのであらう。その後グレゴリイ夫人も死に、イエーツも今度の戦争中に亡くなつてアイルランドの文芸復興運動も花が咲いて散るやうに遠い過去のペイジとなつた。あんなにシングのものを愛してゐた私一人の身に考へてみても、アイルランド物をよまないで長い月日が過ぎてゐた。

すばらしい展覧会を見てその会場を通りぬけたもののやうに長時間その文学の中に浸つてゐた私が、或るときその中を通り抜けたきりもう一度その中にはいらうとしなかつた。人間の心はきりなしに動いてゆくからきつと私は倦《あ》きてしまつたのであらう。それに怠けものでもあるから、学者が研究するやうに一つの事に没頭することも出来なくてアイルランド文学に対してはすまないことながらつひに私は展覧会を出てゆく人のやうに出たきりになつたのである。

伝説の英雄たちが戦争したり、聖者が伝道したりした昔の若々しい時代を過ぎて、アイルランドは長いあひだ何の香ばしい事もなく、圧迫の政治下に終始して来たびんぼふな国である。ある時アイルランドがエールといふ名に変つたとしても、すこしの変りばえもなく、こんどの戦争を通りすぎて来たのである。世界の国々の興亡の前には一つの国の詩人や文学者の思ひ出もむろん消えぎえになつて、そのあひだにわが日本は大つなみに国ぜんたいを洗ひ流されてゐたのであつた。生き残つた人たちは荒涼たる空気の中におのおの何かしらの郷愁を感じて、その上に新しいものを作り出さうとしてゐるやうである。私は戦争中の苦しまぎれに詠んでゐた自分の短歌を整理してゐるうち、ふいと昔なじんだアイルランド文学のにほひを嗅いだ。自分の身に大事だつた殆ど全部の物を失くした今の私の郷愁がアイルランド文学の上に落ちて行くのを、吾ながらあはれにも感じるけれど、今の時節には何でもよい、食べる物のほかに考へることができるのは幸福だと思ふ。ケルト文学復興に燃えた彼等の夢と熱とがすこしでも私たちに与へられるならば、そしてみんなが各自に紙一枚ほどの仕事でもすることが出来たならばとおほけなくも思ふのである。

馬込の家で空襲中は土に埋めて置いた本の中に、むかし私が大切にしてゐたグレゴリイの伝説集も交つてゐた。先だつてその本を届けて貰つたので、アメリカの探偵小説位しかこの小さい家に持つて来なかつた私は、久しぶりに「ありし平和の日」の味を味はふやうにその二三の本をよみ返した。世の中が変り自分自身も、まるで変つたのであらう、その伝説を読んでも物の考へかたが昔とは違つて来た。

たとへば、ホーモル人の王、「毒眼のバロル」はアイルランドの海岸に近い島にガラスの塔を建ててその中にとぢこもり、その毒眼で海を行く船を物色して掠奪する。そんな話をむかし読んだ時には大西洋の波の中にみえ隠れするガラスの塔に朝日夕日が映るけしきを考へて、すばらしいものに思つたりした。今はまるで違ふ。はて、このガラスは何処の国から仕入れた物だらう。ホーモル人のつぎの住民ダナ民族のその次に来たゲール人の時代に英雄クウフリンが生れて、クウフリンがキリストとほぼ同時代といふのだから、どこの国からそんなに沢山のガラスを持つて来たのだらうといふやうに考へる。いま私の家のガラス戸が二枚砕けてゐて、それを板でふさいであるので、私には非常に尊いガラスなのである。そして又ガラスの塔の中ではバロル王も冬は寒かつたらうと思ふ。つまり私の家はまるきり雨戸がなく、ガラス戸だけの小家であるから、冬のむさし野の寒さをこの三年間身にしみて感じてゐるせゐもある。

また名高い勇士を見ぬ恋にこひ慕つて「わたつみの国」から青い眼の金髪の姫君が訪ねて来る話もある。彼等は湖水を見晴らす野原のはじに家を建てる。森の老木を伐つて丸木の柱にして、鳥の羽毛で屋根をふき、うらの広場には家畜が飼はれる。厩《うまや》には何十頭かの馬がゐる、家の前にはたくましい番犬がゐる。五十人の貴族の姫たちがその「わたつみの国」の姫君の相手となつて毎日裁縫をして部下の武士たちの衣服をぬふ、料理を手伝つて五十人百人の客の殆ど毎日の食事も支度する。子が生れると、暫時は母の乳で育てるが、ぢきに育ての母をきめてその母にたのむ、少し生長すると、名高い武術者の家に送り勇士としての教育を受けさせる。病人があれば、外科も内科も広い家を持つてゐてそれぞれの病人を預かり、深い知識によつて木草の汁を集めた薬を与へ、助手や女の助手が大ぜいで看護する、まことに万事ぬけめなくその集団生活が続けられてゐるのである。その物語の金髪の姫の美しさよりも花むこの勇ましい姿よりも、原始人の集団のなごやかさが限りなく好ましく読者の心を捉へる。曾《かつ》てわが国でも大和のある宗教の本部で原始のやうな集団生活を宗教の力でつづけてゐたやうであつたが、そこには信仰と服従と労働だけで、愉しさや豊かさはなかつたのであらうと思はれる。敗戦の国の現在では無数の老人老女がおのおの別々の小さいうば捨山に籠つてあぢきない暮しをしてゐる。彼等も古い伝説のやうな裕《ゆた》かな大きな生活の中に捲きこまれてゐたならば、静かに日光浴をしたり、木の実を拾つたり、めいめいの仕事を持ち自信を持つて余命を送り得たであらう、さういふのは愚痴であるが、とにかくどれだけ深くつよく物の尊とさが私たちの心に浸みこみ、空想や夢や休息が死にたえてしまつたのかと、自分ひとりの心にかへりみて悲しくなる。そこで伝説はいま読まないことにする。

長い間の私のアイルランド文学熱がさめて後も、何年となく私を楽しませてくれたレノックス・ロビンスンの戯曲が一冊もこの家に持つて来てないのはどうしたことだらう。農民劇ではなくアメリカあたりに材をとつた彼の大衆向のものが好きなのである。たぶん小説家たちの物と一しよに馬込の家に残して来たものと思はれる。いま私の手もとにはごく少数の戯曲集それも後進の作家たちの本があるだけである。さういふ本の中に畑ちがひのジエームス・ジヨイスのたつた一つの戯曲「追放者《エキザイル》」が交つてゐた。

ジヨイスほどの世界的の小説家もこの戯曲はたぶん私の家に並んでゐる農民劇の作家たちの中に交ぜておいても失礼ではないだらう。長篇「ユリシス」で暴風のやうに世界を吹きまくつた彼ではあるけれど、戯曲はあまり上手ではない。王朝時代の日本女性の日記に書かれたやうなもたもたした気分が一ぱいで主客の人物はことごとく追放されても惜しくないやうな人たちである。昔の日本の女性作家の日記にうごきがのろかつたやうに、「追放者」の中にも動きがすくない。メンタルには充分にうごいて舞台のそとの過去と未来をほのぼのにほはせてゐるのだが、舞台の人物が動かずにゐることは誠にはがゆい。アイルランドの劇作家たちがみんなイプセンに学ぶところがあつたやうに、ジヨイスの作にもすこしばかり北欧の影は見えるけれど、その青い光やつよい息吹は感じられず、ただ頼りない物思ひのジエスチユアがあるだけである。恐らく宮本武蔵も剣のほかの道には拙ないものがあつたのであらう。一九一八年に「追放者」が出版されて、一九一四年に出た短篇集「ダブリンの人たち」よりも後のものである。このえらい作家のあまり秀れてゐない作品をみることも興味深いものと思つて私はこの本を読みかへした。それは靄《もや》のある大きな海のやうな気分のものでもある。ただ一人でひそひそと暮らす人間の心はひそひそと曲りくねつてゐるのであらう、私はひそひそとこの本のことを考へて、一人でおもしろがつてゐる。

いま私が考へるのは、ジヨイスがその沢山の作品をまだ一つも書かず、古詩の訳など試みてゐた時分、シングがまだ一つの戯曲も書かず、アラン群島の一つの島に波をながめて暮してゐた時分、グレゴリイが自分の領内の農民の家々をたづねて古い民謡や英雄の伝説を拾ひあつめてゐた時分、先輩イエーツがやうやく「ウシインのさすらひ」の詩を出版した時分、つまりかれら天才作家たちの夢がほのぼのと熱して来たころの希望時代のことを考へる。世界大戦はまだをはらぬ二十世紀の朝わが国は大正の代の春豊かな時代であつた。世は裕かで、貴族でもない労働者でもない中流階級の私たちは、帝劇に梅蘭芳《メイランファン》の芝居を見たり、街でコーヒーを飲んだりして、太平の世に桜をかざして生きてゐたのである。大きな時間のギヤツプを超えて今と昔を考へて、まとまらない自分の心を一首の歌に托してみる。

花の色はうつりにけりないたづらにわが身世にふるながめせし間に

惜しむのは季節の花ばかりではない、人間の青春ばかりではない。この古歌の中にある「花の色」のすべてを悲しみなつかしむのである。むかしの貴婦人は何とかしこくも短かくも詠み得たのであらう。第三句四句五句のたつた十九字でその歎きを一ぱいに詠つてゐるのである。

北極星

よる眠る前に、北の窓をあけて北の空を見ることが私のくせになつてしまつた。窓から二間ぐらゐ離れて、隣家の地主の大きな納屋が立つてゐる。むかし住宅であつたこの納屋は古くても立派な屋根をもつてゐる。その黒々とした大きな屋根の上を少しはづれたところに北斗の星がみえる。どこで見ても変らない位置のあの七つの星は納屋の屋根の真上からななめに拡がつて、いちばん遠い端のものはひろい夜ぞらの中に光つてゐる。しかし私がきまつてながめるのは、あの「ねの星」つまり北極星である。肉眼でみるとあまり大きくはないが、静かにしづかに光つてまばたきもしない。かぎりなく遠い、かぎりなく正しい、冷たい、頼りない感じを与へながら、それでゐて、どの星よりもたのもしく、われわれに近いやうでもある。人間に毎晩よびかけて何か言つてゐる感じである。

浜田山に疎開して以来、月や星をながめる気持でなくなつたのに、ふしぎに毎晩眠る前には北の星を仰いで何か祈りたい心になる。何をいのるのか自分でもわからない。たよりなく小さい、はかない、人間の身を見て下さいと星に言ふつもりだらうか？

伝説には、円卓騎士の大将アーサアが北極星から名をもらつたといふ話もあるが、えらい人にはいろいろな伝説がつくので、どこから名を貰つてもさしつかへない。たぶん中世紀かそれより以前に栄えた人であつたらう、大王ペンドラゴンは無限に広い領土を持つてゐた。ペンドラゴンといふ字は辞書には覇王と訳してある。ただのドラゴンは龍であり星の名でもあるから、どつちにしてもえらい王であつたにちがひない。今の全欧羅巴《ヨーロッパ》の土地から北は北極まで、西はブリテンの島々の向うの茫々たる大洋まで支配してゐた。その大王ペンドラゴンのひとり子、金髪の少年スノーバアド（雪鳥）は或る夕がた繁つた山を出はづれた丘に出て西北に限りなくひろがる海を見てゐた。一日じう彼は考へごとをしながら歩いてゐたのである。父なるペンドラゴン王とその尊い一族は神ではないが、この世に生きてゐる人間たちよりはずつと神に近く、智慧もあり力もあり、礼儀の美しさを守る偉大な存在であることを彼はよく知つてゐた。そのペンドラゴン大王と別れる時が近く来ることを王子はすぐれた霊智に依つて知らされてゐるのだつた。自分はもう子供でなく大人になりつつあるのだと思ふと、今までの子供時代の名を捨てて何といふ名を名のらうかと考へて、彼はヘザの草原に腰をおろして海を見てゐたが、いつか眠つてしまつた。何か物のけはひに眼をあげて見ると、すぐ側に背の高い立派な人が立つてゐた。神であらうかと彼は思つた。「わが子よ、わたしを知らないのか?」とその人が言つたが、彼はその人に見おぼえがなかつた。その人がまた言つた。

「わが子よ、わたしを知らないのか?……お前の父ペンドラゴンだ。あそこにわたしの家がある、遠からずお前にわかれてあそこに行かなければならぬ。だから、わたしはお前の夢の中に来たのだ」さう言つてその人は北の空の無限の深みに夜ごとに現はれる北の星座を指さした。少年はその星を仰いでまた眼をかへして父を見たが、もうそこには誰もゐなかつた。彼は体がふるへていつまでも北の星を見てゐるうちに、急に自分の身が軽くなり雲のやうにふわふわと空へのぼつて行つた。ゆめをみるやうな気持で、空の無形の梯子をのぼりのぼり、やがて北の果の空の大熊星とよばれる星まで来た。そこにまぼろしの眼に見えたのは高貴な偉大な七つの姿が大きな卓のかたちの円い深淵の上に腰かけてゐるのだつた。その姿の一人一人が額に一つの星をいただいてゐた。地上の彼の家の窓から見なれたあの七つの星まで彼は来てしまつたのだ。そしてその星の諸王を支配する大王は彼自身であつた。驚いて見てゐるうちに彼の影が大きく大きくなつて大洋の波のやうに響く声が言つた。「神にむすばれた友だち、大なるものが小さくなる時が来た」彼自身の声がさう言つたのである。

少年王は夢の中に自分が流星のやうに堕ちてゆくのを感じた。やがて彼は雲となり霧となつてふるさとの山の上に沈んだと思つた。

風に吹かれ体が冷えて空を仰いで北斗を見た時、彼はすつかりの事を思ひ出した。山を降りて父の家に近づくと、ペンドラゴン大王と部下の勇ましい騎士たちが揃つて門を出て彼を迎へた。ドルイドの司祭は、未来の大王たるべき王子が山の静寂の中で天の使命を受けたことをもうすでに父王に知らせたのである。

少年は恐れる色なく一同を見て「わたしはもう少年のスノーバアド（雪鳥）ではない、今日からアースアールとなりました」と言つた。（古いイギリス語でアースは「熊」であり、アールは「大なる」または「驚くべき」の意味）そこでみんな彼をアーサアと呼んだ。星のなかの驚くべき星、大熊の星である。

ペンドラゴンが言つた。

「わが子アーサアよ、わたしは老人になつた、もうぢきにお前が王とならなければならぬ。何か一つ欲しい物をわたしに言つてくれ。どんな望みでもかなへて上げよう」

さう言はれてアーサアはあの夢を思ひ出して父に言つた。父上のおあとに自分がやがて王となる日には、新しい騎士の一団をつくりたいと思ひますが、まづ初めに七人の純潔な独身の騎士を選んで自分の仲間としていただきたい。それから木匠にたのんで円いテイブルを、自分と七人の仲間がらくに腰かけて食事のできる大きさに造らせていただきたいと頼んだ。王は承知した。アーサアは七人の清らかな若い強い騎士を選んで、彼等に言つた。

「君たちはいま大熊の子供となつた、私の仲間であり、西の王となるべきアーサアの部下である。以後「円卓の騎士」と呼ばれるだらう。その名をあざける者は死ななければならぬ。この世のいかなる光栄もその名の輝きには比べられぬ。君たちおのおのはその光栄の騎士の一人である。その名を汚すな」

三年のち、大王ペンドラゴンが死んでアーサアが王となつた。父から受けついだ領土以外に彼はもつとずうつと広い「西」の大王となつたのである。欧羅巴の国々、ことに西の方では、アーサアの伝説の伝つてゐない国はない。暖い南仏の海ぞひの岩穴にも、北の山国の古い都にも、アーサアの眠つてゐると言はれる跡が残つて、彼は死なずにただ眠つてゐることになつてゐる。

イギリスの詩人テニスンの詩 Idylls of the King にはアーサア王の高貴な不幸な生涯をあはれに歌つてゐる。

この島にアーサアが来る前には

諸王割拠して　戦争たえまなく
王は王を攻め　国ぜんたいを廃墟とした
そのうへに　外国軍はいくたびか
海を越えて侵入し　国に残る物を掠奪した
国は荒れて野となり
けものら無限に殖《ふ》えはびこり
人間は弱りほろびてゆく
その時アーサアが来た

滅びかけたその島国にアーサアが来て、立派なブリテンの王国を建てたのだが、この島以外に海の北に南に東に無辺の領土を支配してゐた彼である。

カムリアードの王レオドグランは
一人のうつくしい娘を持つてゐた　ただ一人のむすめ
地上に生きてゐるものの中で最も美しい
ギニーヴィヤ　それは王の唯一の歓びであつた

詩の第一章に美しい王女を歌つて花のにほひを添えてゐるが、北極星の伝説の方ではさういふ色どりはなく、星そのもののやうに冷たく寒い話である。

よる眠る前、私が北の星をながめる時アーサア王の話をいつも考へ出すわけではない。私はただ星その物を見て、この世の中の何もかも変つてゆき、また変りつつあるときに、変りない物が一つだけでもそこにあることが頼もしく愉しいのである。私がたのもしく思つても思はなくても北の星に何の感じがあらうか？　それにしても、昔からきまつたあの位置に、とほく静かにまばたきもしないで、むしろ悲しさうな顔を見せてゐる星はすばらしいと思ふ。すべての正しいもののみなもとである神も、あの星のやうに悲しい冷たい静かなものであらうか？　私はさう信じたい。

迷信の遊戯

四五年前のこと、近い親戚の家に大病人が出来た、もう長いことわづらつてゐたのであつたが、その当時、病人自身の希望で、鎌倉か小田原あたりに転地させることになつた。しかし医者の方では行く方がよからうと云ふのと、行くのが危険だといふのと二つの意見に別れてゐた。私たちも随分いろいろと迷つてゐた。

その時分のことであつた、ある下町のおかみさんが川崎の大師に行くといつて私の家に寄つてくれたので、私はふいとその病人のために神籤《みくじ》をとつて見る気になつて、其人に頼んだ。翌日郵便で送つてよこしたおみくじは八十二凶であつた。

火発　応㆑連㆑天　新愁惹㆓旧僭㆒
欲㆑求㆓千里外㆒　要㆑渡更無㆑船

この「火発してまさに天に連るべし」といふ句がたいそう私を動かしたので、さつそく赤坂の妹に電話をかけて其話をすると、妹は豊川稲荷の神籤をとつて送つてよこ

してくれた。それは、七十五凶であつた。文は

孤舟欲レ過レ岸　浪急渡人定
女人立二流水一　望レ月意情濃

いよいよ悪いおみくじなので、がつかりした気持になつてゐると、更に鎌倉の友人から長谷の観音のを一枚送つてくれた。これは八番大吉であつた。

勿二頭中見レ尾　文花須レ得レ理
禾刀自偶然　当レ遇二非常喜一

分るやうな分らないやうな、いかにもおみくじらしく拵《こしら》へあげた句であつた。私たちはよくは分らないでも、非常の喜に遇ふといふことは病人が死んで安らかになることではないかなど、こじつけて見たりした。おみくじの吉凶に拘《かかわ》らず、とにかく病人はその年の秋のぞみ通り鎌倉に移つて一年の月日を過してからなくなつたのであつた。

こんな事から私はいつとなくおみくじといふものに興味を持ちはじめた。

その後また例の大師信心のおかみさんが寄つてくれた時、私は自分自身のためにおみくじを頼んで見た。それは、ちやうど私の夫がなくなつて半年ぐらゐ経つて、まだ充分に新しい生活の変化におちつき得ない頃であつた。考へて悪い事を考へたり、望んで悪い事をのぞんで見たり、さうかと云つて、物を考へず望まずにゐることはとて

も堪へがたく苦しく感じてゐたので、つまり好奇心としようことなさの気持からとそのおみくじを引いて見た。六十九凶であつた。

明月暗雲浮　華紅一半枯

惹レ事傷二心処一　行レ舟莫二遠図一

この句はたいそう私の心を静かにしてくれた。私はいくたびとなくこの最後の句を考へ出して舟を遠にやらうとする自分の心の迷ひを抑へたのであつた。その頃友人に送つた手紙にこんな事を云つたやうに覚えてゐる。

「おたよりをありがたう。……先だつておみくじをとりました時ちやうどあなたがお出でになつたのでお目にかけて、私はひよつと病気をするかも知れませんと申あげましたが、「華紅一半枯る」といふあの句を昨日ふいと別の意味で解き得ました。それは、ひさしく着てゐた袷《あわせ》がよごれましたので、たんすから別の袷をひき出して着ましたから、ずつと前に仕立てなほした儘《まま》で紅絹うらがついてゐました。この頃久しく赤いものを見ませんので、ぼつちりばかしのふりの赤い色でも、ひどく私の心をめんくらはせました、はてな、こんな物を着てはわるいかしらと考へたりしてゐましたが、けつきよく、自分の物だから、赤くても黒くても、着てさしつかへないと極めてしまひましたが、そんなこんなの考へ最中にふいとあの文句が私の心によみがへりました。つまりあれは、死ぬのでも病気するのでもなく、おばあさんになつて女らしさがだんだんに消えて行くといふ意味らしうございますね、それなれば自然のことで、どうしたところで月日にうち勝つことは出来ないのですから、仕方もありませんけれど、かなり悲観します……死ぬのよりも病気するのよりも、自然に枯れてゆくのを待つのは長うございます、もつと静かな心と勇気をあたへられるやう私は祈つてをりませう……」
なんだか大へんに感傷的な手紙を書いたやうであるが、その時分の私は身心ともに疲れ切つてゐて、何もかも感じやすい心の動くまゝに動かされてゐた。先日も古い手帳の中に書いてあつた其頃の歌を見つけ出して自分の歌ながらあまり愚痴つぽいので驚いたのであつた。自分の恥を臆面なしに書きつけて見る。

かへり来てあまり寂しきわが家の
　床のかけものかけかへて見る
死にしひと羨ましくもなりにけり
　あまり静けきこの月日かな
ある時はひとの声などきかまほし
　墓にはあらずわがすめる家

その時分どんなに私が人間の声をきゝたく思つたことであつたか、郵送された一枚のおみくじをさへ遠来の客のやうに珍しがり大事にしたものであつた。そしておみくじよりもより大きいものよりよい物が世間にたくさんあつたにしても、私の心がそれらの何処にも走らずにゐたことを私は今になつて深くよろこぶ。ほんとに私は深く喜んでゐる。おみくじはその時分私のよい友であり、好奇心に水を注ぐ不思議な謎でもあり、女性のうれしいものにする「秘密」の遊戯でもあつたやうである。

私が見たおみくじの中には、まだ大凶といふのはなくて、おもに、半吉、小吉、吉、凶、半凶ぐらゐなものであつた。世の中にいゝ事ばかり悪い事ばかりあるのではないから、かういふおみくじがちやうど適当なのであらう。

この春私が豊川でとつたのは、十九末小吉であつた。

家道生㆓荊棘㆒　児孫防㆓虎威㆒
香前祈㆓福厚㆒　方得㆑免㆓分離㆒

いつでも私の古い頭を笑つてゐる友人にこれを見せると、友人は「つまり、あなたは一生懸命においのりなされば、それでいゝのでせう?」と云つた。

ちやうど同じ時分に大師と長谷の観音のとゝり比べて見た。大師のは三十七半吉で、

陰霽未㆑能㆑通　求㆑名亦未㆑逢

幸然須㆑有㆑変　一箭中㆓双鴻㆒

もやもやの中にたいそう嬉しがらせを云ふお世辞のいゝ文句であつた。

観音の方のは七十六吉であつた。

富貴天之祐　何須㆑苦㆑用㆑心

前程応㆑顕㆑跡　久用得㆓高昇㆒

これらの句は約束が主で何の教も入れてないやうな無意味なものであるが、其《その》後六月のある日私が鎌倉に遊びに行つた時、自分でとつたのは、今すつかりの文句を忘れてしまつたが、「事は忌む樽前の語、人は防ぐ小輩の交……」といふやうな教の句で始まつてゐた。わたくしたち女性は酒こそ飲まないが、歓びにも悲しみにも酔ひやすく、人との談話が興に入るにまかせて、やゝもするとこの「樽前の語」といふやうなしやべり様をしてしまふのが常である。私は其みくじの紙を片手に持つて、片手には傘をさして、ちやうど小雨の降る午後であつたが、なまり色の鎌倉の海を見下ろしてゐるうちに、――夢多ければ空なる事多し、言詞《ことば》の多きもまた然り――といふ聖書の句を思ひ出したのであつた。そして私は自分の顔がひとりでに赤くなるのを覚えて、人よりもことに夢の多い、まじり気の多い自分の心がその時はつきりと眼に映つたやうに思つたのであつた。

こんなつまらない遊戯に欣《よろこ》びを感じてゐる自分の愚を何のために書き並べてゐるのか自分でもよくは分らない。たゞ不思議に古いものを愛する自分の心の癖を書いて見たゞけにある、おみくじはまだまだ沢山あるが、うるさいから止めにする。

親しい友人の一人がある時伊豆の吉奈温泉に長らく滞在してゐたが、帰つて来てからのみやげ話にこんな事をきいた。「温泉から遠くないところに小さい社がある、その神前に丸い大きな石が一つころがつてゐる。一つの祈願を持つてゐる人がためしに其石を持上げようとすると、その祈願がかなふ祈願である時には、その石はかるがると持上げられる、その人の祈願がゆるされない祈願である時には、その石は決して持上がらない。温泉宿の客人たちは旅の徒然にまかせて、時々そこへ行つては其石を持上げて見る、持上がつた時には、男でも女でも、みんな嬉しさうな顔をして笑ふ、それを持上げにゆくのは決して田舎のぢいさん婆さんではなくて、東京から来てゐる知識階級の人たちに多い。自分も滞在中、二度ほど人と一緒に行つてその石を持つて見た。一度は上がつたが、一度は少しも動かなかつた、その時、心に念じてゐたことは二度とも違つたことであつた……」

友人のその話を私は大へんに面白く思つた、ふとしたはずみに、人間のありのまゝの弱さを見せる言行を見きゝしたとしても、私はそれを笑はうとは思はない、私は自分自身を笑はうとも思はない。

すべての古いものが破られて、新しい世界が開ける時、その中に住む私たちの古いたましひは満足するであらうかと私はいつも疑つてゐる。「われ観るに日の下に一つの患《わずらい》あり、これは人のうちに恒なるのなり」とむかしむかし賢い人が云つたこともある、私たちはその一つの患の満ち足りない世に生きて、つまらない迷信の遊戯の与へる歓びさへも捨てたくない気持がする。

二月　虹を織る

燈火節

先日読んだ話のなかに燈火節《キャンドルマス》といふ字が出てゐた、二月の何日であつたか日が分らないまま読んでゐたのを、今日辞書で探してみると、燈火節二月二日、旧教にては、この日に蠟燭行列をなし、一年中に用ひる蠟燭を祓《はら》ひ清むる風習あるを以てこの名あり、とあつた。先日読んでゐたのは聖女《セント》ブリジットの物語で、彼女は二月に生れた人で、古いゲエルの習慣では、聖ブリジットの日に春が来ると言つて、ちやうどこの燈火節の日に春を迎へる祝ひをしたものらしいが、特に蠟燭だけではなくブリジットはすべての火を守る守護神でもある。「ゲエルのマリヤなるブリジット」といふグレゴリイ夫人の伝説のはじめに「ブリジットは春の初めの日の日の出る時に生れた。母はコンノートの奴稗《ぬひ》であつた。天の使が彼女に洗礼をさづけてブリジットと名づけた、火箭といふ名である。」またフィオナ・マクラオドの「浜辺の聖女ブリジット」といふ文では「二月の美しい女」「温い火の聖女ブリード」「浜辺の聖女ブリード」と三つの名を挙げてゐる。

二月の美しい女ブリードは、キリストの養ひの母ブリジットや、家庭をまもる聖女ブリジットといふやうなキリスト教のにほひを持つ一人の女性とは違つて、それよりずつと古い時代の、ゲエルかそれよりも以前の民族に信仰されてゐた火と詩の女神ブリードの姿も一しよにされてゐるだらうと言つてゐる。ドルイドの司祭は彼女を片手には黄いろい小さな火焔を持ち、片手には火の赤い花をもつ「朝のむすめ」として礼拝してゐた。その火がなければ、人間の子たちも洞穴に住む野のけものたちと同じやうなものであつたのだらう。今も春が来るたびに「二月の美しい女」は思ひ出される。人の心に、昔の古い偉大な姿は消えても、をさなごキリストを一夜自分の胸に抱いて子守歌をうたつた養ひの母ブリジットとして、人間の家庭の揺籠《ゆりかご》を夜も昼も守る女神として、また九十日の冬眠から天地自然が目をさまして春が生れる歓びとともに、二月の初めに生れた彼女を愛するのであらう。

大西洋の灰色の波と寒いさむい雲霧に覆はれてゐたアイルランドの海岸や、海中の島々に初めて春が来るとき、そのとき聖女ブリジットの来る前兆が見える。それはたんぽぽ、仔羊、海鳥、普通《ま》に都鳥とよばれてゐる鳥どもである。昔のむかしの何時からともなく、春がくれば先づ路傍に黄いろい花を咲かせるたんぽぽ、これが聖女ブリジットの花とされてゐる。二月のブリジットの季節になると羊飼たちは霧の中におびただしい仔羊どもの鳴き声をきくことがある、それに牝羊の声が交つてゐない時、それは聖女がそこを通られたしるしだと彼等は信じてゐる、聖女はやがてこの地上の丘にも野にも生れ出ようとする無数の仔羊どもを連れて通られるのださうである。西海岸や遠い沖の離れ島に住む漁師たちは「牡蠣《かき》捕《と》り」と呼ばれ都鳥とも言はれる海鳥のくりかへし鳴く声をひさしぶりに聞く時、よろこび勇む。それはすばらしい魚の大群がこの浜に近寄つてくる先ぶれで、それにつれて南風も吹き、僅かながら青い色が草の上に見えてくるし、どこからか小鳥らが藪を探してくる。さうすると鳥どもの歌も聞えて、地上のどこにも新しい歓びが来る。「浜辺の聖女ブリジット」が顕《あら》はれたしるしである。

「旅びとの歓び」といふ別の名を持つてゐる路傍の黄いろい花のたんぽぽを聖女は胸にさす、彼女がその花を明るい空気の中に投げるとき、みどりの世界が現はれる。

北と東の灰色の風を吹きつける沖のさびしい島で生きることは容易ではない、一本の流れ木も一つかみの泥炭も、異つた種類の小魚の入り交つた獲物も、どれもみんな悲しいほど尊い必需品である。その海岸にギルブリード（ブリードの僕《しもべ》）と鳴く海鳥の声をきく時、島びとは生き返へるやうな歓びを感じる。海鳥はするどい高い声でギ

ルブリード　ギルブリードとくりかへして鳴く、聖女がそのとき浜を歩いて行かれる。それは荒い海岸や孤島の話である。もつと豊かな農村の家庭でも、女たちはこの「二月の美しい女」黄いろい髪の親切な聖女にお祈りをする。聖女はをさないものの揺籠の上に身を屈める。赤んぼが微笑する時、母親は聖女の顔をまのあたり見るのだといはれる。

今、私は寒さの中にちぢこまつて、もう幾日したら春が立つかと指折りかぞへて二月の初めを待ちながら、遠い西の国にむかし生れた二月のむすめブリードを思ひ出した。二月二日の祝日《いはひび》だといふ燈火節のことも考へた。

古い伝説

いつ、どんな本で読んだ伝説かはつきり覚えてゐない、夢のなかでどこかの景色を見て、蒼ぐらい波の上に白い船が一つみえてゐたやうに、伝説の中の女の姿を思ひ出す、美しい女である。世界最初の女、イヴよりもずつと前にこの世界にゐた美しいリリスである。

神は七日のあひだに、つまり七千年か七万年か計算することはむづかしいが、天地とその中の万物をお造りなされて、その創作のすべてをよしと御らんになつた。何もかも御心にかなつて美しくいさぎよい物ばかりであつたが、まだ何か足りないやうだつた。わが創作のすべての物よりもつと美しい、もつとわが姿に似たものを一つだけ造つてみよう。それはわが友だちと思つてもよいほどの高貴なものであれと、すべての花より鳥より、木草より、星より月より太陽より、海の波より、山々の霧よりもつとうつくしい優しいもの、もつと華奢なもの、つまり女をお造りなされて、これに神の息を吹きこまれた。だが天地万物と同じやうにこの女には魂を与へられなかつた。女はリリスと呼ばれた。
　魂をもたないリリスは凡《すべ》ての歓びにみち足りてただ一人イデンの園に生きてゐた。四季の花は咲き、果実も草の実も欲しい物は何でもあつた。鳥たちもけものたちもかれらの声と言葉を以てリリスに仕へ、星のきらめく夕方は神の子たち（天使といはれる種族）が天から地上に遊びに来た。かれらには彼らの声と言葉があつて、天上の友だちや地上の友だちでリリスは寂しいことを知らないでゐた。さうやつて何時を限りとなくリリスは楽園の花のやうに生きてゐたが、満ち足りた彼女には希望がなかつた、だから失望も知らなかつた。しぜん、悲しみを持たないのだつた。リリスは何年か何千年かかうして暮してゐるうちに、ほのかに一つの感情を味つた。それはくたびれたのである。不足のない悲しみのない幸福にくたびれて、ある時彼女ははじめて溜息をついたのであつた。夕風のやうに静かな音もしないものであつたけれど、神のお耳にリリスの溜息がそうつと届いた。あきらかにこの創作が失敗の作であることを神はお悟りになつて
「リリスよ、あはれな物よ、草臥《くたび》れたのか？　消えてよろしい、消えよ」とおつしやつた。リリスはそのとき白い波の立つ海辺を歩いてゐたが、たそがれる海の色がリリ

スの眼に映つた。その翌朝、砂の上に白い水泡が残つてゐるだけで、リリスはこの世界から消えてゐた。

そのあとで神はアダムといふ男をお造りなされ、イヴといふ女もお作りなされたが、この二人には魂を分け与へられた。ケルトの伝説の中に「アダムの先妻みたいな女」といふやうな言葉が時どき見えて、リリスがアダムの先妻であつたやうにも伝へられてゐるらしいが、まづ聖書の伝説だけにしておく。アダムとイヴは、ことにイヴはその後たびたび溜息をつくことがあつたが、これは憂うつな時に限つてであり、神もその溜息はききのがされたらしい。

いそがしい私たちの生活とかけはなれて、こんな古くさい伝説を思ひ出したのは、先日私が渋谷駅でひとりの美しい人を見かけたためである。

渋谷駅のまだあまり混雑しない午後のホームをいま降りた人たちの中に一人の背高い女がゐた。階段を上がつて来た私はすれ違つておもはず立ち止つたほど美しい人だつた。二十三四であらうか、並はずれて色がしろく、眼は日本人とも外国人ともいへない奇妙な表情をもつてゐた。静かな洋装で、すらりとした脚はさつそうとはこんで行くやうであつたが、私は振り返つて見てゐると、後姿は右に行つても左に行つてもよいやうな、すこし寂しい歩きぶりだつた。現代人は、モダアンな人たちは、みんなその日暮しの気分かしらと思つて私はしばらく見送つてゐた。

その夜眠る前にまたその美人を考へて、誰かあれに似てゐる人があつたやうだと思つてみたが、誰だか思ひつかないで寝てしまつた。日本人でないやうな眼つきをして、独立独歩といふやうな姿でゐて、どこかたよりない気持を撒きちらしてゆく美しい人、それきり思ひ出せないでゐたが、今日何のはずみか古いリリスの伝説を考へたのである。たぶんあの先日のむすめはリリスに似てゐるのだらうとふいと思つた。現代人の半分はその日ぐらしの気分で生きてゐると聞いてゐたが、渋谷で見たあの人はその尖端を行く人だらう、むかしのリリスもその日暮しであつたから、たぶん彼女のやうな容姿《すがた》であつたのだらう。

そんな事が頭にうごいた拍子に、私は今日の貧乏生活が非常にありがたく新しいものに思はれ出した。裸かのまづしい日々に、何か希望をもち、そして失望し、また希望し工夫をし、溜息をし、それを繰り返しくり返して生きることは愉しいと私は急に元気が出た。

四つの市

グレゴリイ夫人の伝説によると、むかしゲエル人の先住民ダナ人らがアイルランドに渡つて来た時には、大ぞらの空気の中を通つて霧に乗つて来たさうである。ダナ人は北の方から来たと書いてあるが、その北の方に四つの都市があつた。まづ大きな市ファリアス、それから光りかがやくゴリアスとフィニアス、ずうつと南の方にムリアスがあつた。ダナ人はその四つの市から四つの宝を持つて来た。まづファリアスからはリア・フエールと名づけられた「運命の石」。ゴリアスからは一本の剣。フィニアスからは「勝利の槍」。ムリアスからは大きな鍋、その鍋があれば、いかほど大勢の人数にも充分たべさせ得られた。さう書いてあつても、そのふるさとの市は北の方にあるとだけしか分らない。

その四つの市についてフィオナ・マクラオドの随筆では、むかし、イデンの園の四方にゴリアス、ファリアス、フィニアス、ムリアスの市があつた。そのころイデンは天使らと地の娘たちとの子孫で繁昌してゐた。あの美と悲しみの女イヴがまだ生れてはゐない時分で、霊をもたないリリスの娘らはみる目美しく花のやうであつたが、花のやうに枯れて死んでしまへば、それきりであつた。その時アダムはまだイデンの園から起き出してはゐなかつた。

フィニアスの市はイデンの南の方の門で、ムリアスは西の門であつた。北にはファリアスが一つの大きな星を冠つて立つてゐた。東の方に宝石の市ゴリアスが日の出の如き光を輝かせてゐた。その光の市では死を知らない天の人たちがリリスの子供である地上の女たちと愛し合つてゐた。アダムが神の御名を呼んで世界の王となつたその日、西と東と北と南のその市々に大きな溜息がきこえて、朝が来ても地の娘たちは天上の恋人たちの朝日にひかる翼のうごきにもう目を覚さなかつた。天住民はそれきりイデンに来なくなつた。アダムの側にイヴが目をさまして、とこしへの不思議を湛へた眼でアダムを見た時、黄昏《たそがれ》の嘆きと告別の声が市々にきこえてゐた、海ぎしのムリアスに、高山の嶺に立つゴリアスに、ひそかな静かな園のファリアスに、月光が槍のやうに射す平野のフィニアスに。かうしてリリスの娘らは塵のやうに、露のやうに、影のやうに、枯葉のやうに過ぎ去つて、四つの無人の市々ができたのである。

アダムは立ち上がり、イヴに住む人のないその四つの市々を見て歩き、世界の四つの古い秘密を探して持つて来るやうにと言つた。イヴは先づゴリアスに行つてみたが、そこには何もなくただ火が燃えてゐた。イヴはその火焔を採つて自分の心に隠した。昼ごろイヴはフィニアスに来た。そこには白く光る槍があつた。彼女はそれを自分の頭脳《あたま》に隠した。夕がた彼女はファリアスに来たが、暗黒《くらやみ》の中に輝く一つの星が見えただけだつた。イヴはその暗黒《くらやみ》と暗黒《くらやみ》の中の星を自分の腹に隠した。月ののぼる頃イヴは大洋の岸のムリアスに来た。そこには何もなく、ただ波の上にさまよふ光が見えた。イヴは屈んで海の波をすくつて自分の血の中に隠して、アダムの所に帰つて来た。彼女はゴリアスで見つけた火焔とフィニアスで見つけた白い光の槍をアダムにやつた。「ファリアスでは、あなたに上げられないものを取つて来たのですが、私が隠して持つて来た暗黒《くらやみ》はあなたの暗黒《くらやみ》で、私の星はあなたの星になるのでせう」とイヴが言つた。「海のそばのムリアスでは何を見つけた?」「なにもありませんでした」とイヴは言つたが、彼女が嘘を言つてることがアダムには分つた。「私はさまよふ光を見ましたけれど」と彼女がつけ加へた。アダムは溜息して、それを信じた。イヴは海の波を自分の血の中に隠したきりで、それは出さなかつた。それからの世界の女たちが、無数の女たちが、家もなく波のやうにたよりなく生きてゐるのである。女が代々《よよ》に受け嗣ぐものは海の波のやうに塩からい。あるものは血の中に海の塩を交ぜてしづめがたい煩悶《もだえ》をもち、或るものの心にはたえず波が立ち、また或るものは家を捨ててさまよひ、さまよひ、一生を終る。世界の母イヴから世界の女といふ女に永久に伝へられた遺産である。

かういふ伝説をまるのみにして書いて見たところで、その大古の四つの市々はいまの私たちにはひどく遠い無縁のものである。しかし、無縁といふ言葉が当てはまるのかしら？　何かの好奇心か興味が私にこの四つの市の伝説を思ひ出させたのかもしれない。

うまれた家

山王の社は、茶寮の御飯をたべるついでに時たま見たが、昔とあまり変つてはゐない。樹のかげのうす暗さ、丘をとりまく東京のにほひのする靄《もや》、その靄のむかうの三聯隊《れんたい》の高台。私の小さい時もそんな風だつた。

だが氷川の社は、ずゐぶん久しく見ない。むかしとよほど変つてゐるだらうか？氷川の森と小さな谷をへだてた三河台の高台のかどの家で私はうまれた。

父は始終外国づとめをしてゐて母と子供たちだけの家は大そう広くてさびしかつた。雨にさらされ切つた黒い門が立ち、門を入ると、正面とほくに古くさい玄関のきたない式だいがあり、古い瓦の屋根が見えた。こんなきたない家は自分の家ばかしと思つて私は体裁わるく感じてゐたが、いま考へるとあすこいらは、ブルヂヨアでなければ住めない土地だつたのであらう、私たちはまづしく、父は留守だし人の出入が少なかつたから、それであんなやうに支那の農園の感じを小さい心に感じたのかもしれない。

探偵小説家が犯罪の家の地図を引くやうにその家の地図を考へてみると、門と玄関は西北に向つてゐたやうである。門を出ると道幅がひろく、ぢきに急な坂があつた。坂を下りたところは麻布一聯隊の土手があつたやうにおもふ。坂の右の角は小笠原家の御隠居所で、それに向ひ合つて坂の左角、私の家のお向うにあるところに矢島家があつた。矢島氏が郷里に隠退されてからそこは志賀家になつた。たぶん志賀直哉氏の父君が買はれたのであつたらう。家の左隣は私の家の畑になつてゐた。崖の笹やぶから時どき狐が出てその畑をかけてゆく後姿は今もはつきり眼に残つてゐる。若い夫人たちが茶褐色の狐の襟巻を肩にかけてゐるのを見ると、私は三河台のやぶの可愛いすばしこい彼等をおもひ出す。そして昔の私の家はその時分北海道のやうに寒かつたのかとも考へて見る。野が人間に征服されけものたちが遠くに追はれたとはつい考へられないで、狐といへば諏訪湖の氷の上を飛んで行つたり、北海道の雄大なスロープに耳をたてて空気を嗅いでるやうな姿だけが考へられる。さてその私の家も決して暖くはなかつた。その北海道の隣が坂田家だつた。坂田家のあとは今、井上準之助氏の家となつてゐる。何時だつたか井上家の座敷から私が崖の向うの市兵衛町の高台をながめた時に、秋の午後の日光が幼時の私の家の座敷のながめと同じ風景をうつし出して、私を憂鬱にした。

私が八つぐらゐの時、父が日本に帰つてゐて、玄関わきの芝生の真中に井戸を掘らせた。水がたえず噴き流れて芝と子供たちの心をよろこばせた。私は学校から帰ると一人でその噴き井のまはりを歩き廻った。おそらく一生のなかで私が最も自由な空想をしたのはその時だつたらう。

玄関の右手にひろい洋風の応接間があつたが、それだけは前の持主尾崎氏が建て増したもので、トイレットまですつかり洋風だつた。中にしいた小さい絨氈《じゅうたん》の花模様とまるい黒ぬりの蓋と今もかなしく思ひだされる。

むかしは大きな旗本の屋敷であつたのを尾崎氏が買ひいれたもので、その洋室の窓のそばに一ぽんの古い紅梅があり、庭のまん中に、家のまん南に当つて八重桜が一本立つてゐた。ふげんざうとか云ふ牡丹みたいに塊つて花をつける木であつた。その二つの花の木は昔からあつたものらしい。それをのどかに眺めて生きてゐた旗本の名前も歴史もきき洩したが、なにかの関係で閉門になつたとか母に聞いたやうにおぼえてゐる。彼等も、彼等の不幸を持つてゐた。昨年の春、私は不思議な夢を見て、偶然むかしの彼等の生活を覗いた気がした。

夢の中に、沢山の人がゐた、ゐたのを感じた。ゆめの暗さの中でことに真暗だつた中に、一ぱい人が坐つてゐるらしい幾つもの座敷を、私は何かに導かれて歩いて行つた。歩くとき足が人々の膝に触れて行く気がした。みんなが声を出さなかつたが、いきんで何かを待つてるやうに感じられ、暗のなかの殺気が私の身をひきしめた。長い廊下をまがり一ばん端の部屋までゆくと、そこは八畳で、そこにも大勢の人が坐り、酒の給仕をするものが、老女のやうでもあり、お茶坊主の声のやうでもあつた。前の、紅葉《もみぢ》の庭のまん中に焚火をして、武士らしいものが沢山ゐた。すると何処からか（庭からだつたか）はでな小袖の女性が現はれ、座敷の中に進んで来て舞をまつた。庭火のひかりで彼女の顔が蒼白だつた。人々の鑑賞の眼と声とを感じた時ふつと何かのかぶさるやうな音がして真暗の中に目がさめた。

翌朝、あれは麻布の家の廊下と座敷だつたなと思つた。八畳と紅葉の庭だけは現在の私の家のやうでもあつたが。

何のために武士と舞の女性の夢をみたのか、分らなかつた。死？　その頃、親類の不幸のまきぞへで私の家は混乱してゐたから、疲れた頭に何か昔の混乱がまちがつて映写されたのかとも思つたが、死は来なかつた。

昨年軽井沢の宿で、吉川英治氏の「神変麝香猫《じやこう》」といふ小説をよんで、狛村の隠れ家で天人舞をするところを読んだ。その夜宴の風景がひどくファミリヤアに感じられ、何処で読んだのかと思つてゐると、忽《たちま》ち私の夢の女性をおもひ出した。ああ！　あの蒼じろい顔はお面をつけてゐたのだ！　半年ぶりにそれを考へ出した。あの夢はきつと、旗本のある夜の酒宴の図であつたらう、別れの？　死か解散か、何かしら不幸の。その、血縁でもない昔の先祖たちはその夜私に何の話をしに来たのであつたか、考へることはさむい。家の住み手は何度も変つてゐる。特に私に、何の話を持つて来たのだらう？

アイルランド民謡雑感

アイルランド人は昔から言葉の天才といはれ、アイルランドは詩の国と呼ばれて来た。しかし詩人たちはその言葉の正しい使途を発見できないで、ある時は浅薄な喋舌《しやべり》の詩だけしか現はすことが出来なかつた。少女的感傷のあのアイリッシ・メロデイの伝統を脱《のが》れて、この国の詩が本当の芸術上の価値をもつやうになつたのは「文芸復興運動」以来のことである。シングの戯曲がフランス文学の真似を止めて、文学から造られる文学を斥《しりぞ》け、アランの人々の話す生きた特異の英語を用ひることによつて新しい時代を開いたやうに、アイルランドの詩も書斎の詩人の言葉や書かれたリズムを真似ることを止め、民謡をきき民謡の言葉を学ぶことによつて復活したのであつた。さてひはひにも外の文明諸国と違つて、アイルランドの民謡はその時まだ民衆の間に生きて、歌はれてゐた。おそらく征服された民族の精神は日常の習慣や、風景や気候のあつまつて造り出す雰囲気と、彼等の表現である伝説、民謡などの間にしか生きて行くことは出来ないのであらう。グレゴリイ夫人はその領地の隅にすむ老人から英雄伝説をきいたのだつた。

その老人ばかりでなく、アイルランドの田舎から田舎をさ迷ひ、西の世界で起つた喜び悲しみを東の世界に伝へて歩く人々がゐた。いはゆる「放浪者」である。彼等のことをシングはウイツクロウ旅行記の最初に書いてゐる。――この辺の街道はアイルランドの放浪者たちが好んで歩く道である。その数はおびただしい。彼等の仲間には親子代々の放浪者があり、また農村から流れ出して新しくなつたものもある。農村に多少でも変つた気分のものが生れる、それは大てい放浪者となつてしまふ。普通の中流の家で一家中の最も天分ある子は大てい一ばん貧しい生活をする――文学者とか絵かきになつて計算の道から遠い生活をするのである――。農民の家で最も出来のよい子はやはり一ばん貧しいくじをひき、路を行く放浪者となるのが多い。――

これは二十何年か前の言葉であるが、今もアイルランドに放浪者がゐなくなつたとは思はれない。彼等は路をゆきゆき一生涯家をもたず、やがて路傍で死ぬ人々である。農家の婚礼やお通夜と人の集まる所に行けば酒も夕飯も恵んで貰ひ、小舎に一夜の宿も借りられるのである。酒をのめば彼等はほがらかに歌をうたふ。但《ただ》しさういふ場合お客たちも必らず酔つてうたふのである。古い民謡も即製のもある。ある結婚式の夜に、たとへばこんな歌も酔つた人たちはうたひ合ふ。

一人で眠る馬鹿なをぢさん
たつた一人で　寝床の中に
馬鹿なおぢさん　一人でねむる
欲しいと思うても女房が来ない

村の居酒屋の前に一人の放浪者が四五本の箒《ほうき》をかついで立つてゐると、村の娘が通る、すると彼はうたひ出す。

もし可愛いむすめさん　はうきを見に来ましたか　はうきを買つて下さい
よいはうきや　よいはうき

自分で宣伝する歌も、居酒屋でそれを聞いた酔つぱらひがよその村のお通夜の席で又うたひ出せば、忽ち民謡となつてしまふ。

むかし日本とロシヤと戦争した時分、ある裏町でこんな歌をうたつてゐたさうである。

物価があがり　どうしませう
粉も砂糖も茶も煙草も　肉もたかい
びんぼなアイルランド　どうしませう

たいそうごみつぽい歌ばかり拾つたやうである。母が糸車をまはし娘がパンをこねるところにも民謡はある。それは祖母から母へ教へられたものであらう。「アランむすめの結婚」といふのを読んだことがある。

わたしは後家でまだ処女《むすめ》　わかいわたし　だいじな人は海で死んだ　あの日その船にわたしがゐたら　あなたを助けてあげましたらうに…………（此間《この》に四節）

あなたの眼はうなぎと共に　くちびるは蟹とともに　白い両手は鮭のするどい支配のもとに　わたしの大事な人を見つけ出したら五ポンドあげます　ああ若いむすめの痛いかなしみ

政治的の意味を持つ歌も多いやうであるが、ゲーリツク語が使つてあるのは私には分らない。おもに被征服者の悲しみを言つてゐる。

羊のむれのわかい仔羊のやうに
わたしは夜ぢゆう歩いてゐた
兄はいまわたしの前に横たはる
金髪のドナウよ麻ひもを頸に捲かれて
死刑の青年を悲しむ歌である。

ウシンとかクーフリンとかアイルランド伝説の英雄たちの名が出てくる叙事詩の形のものもある。

エメルはクーフリンの首を両手に持ち　水に清め　絹にまき　胸にだいて泣きながら言ふ

おお　この首は……

伝説の中には宗教のにほひも多い。伝説に交るコロムキイル即ち聖コラムはアイルランドの聖者中の聖者である。六世紀の初期の人であつた。聖者は樫のしげるデリイの平野を愛してそこに小さい家を持つてゐた。スコットランドに行かうとしてうたつた歌。

死のくるしみ　よみの苦しみよりも　デリイの野に斧の音をきく苦しみはまさる　白き海をわたる前にイデルが崎にあるはたのし　岸をうつ波　はだかの岸となぎさと

わが小舟すばやくデリイに背を向ける　大海をたび行く悲しみ　鴉らのスコットランドに旅する悲しみ

よき音する小舟にわが足はあり　わが悲しむ心訴へつつ　人の指導者ならぬものは　弱きをとこ　知なきものは盲《めし》ひたるもの

灰いろの眼アイルランドを振り返る　今日の後アイルランドの男をんなをまた
見る日あらんや　強き板の上よりしほ水を越えて眼を放つ　アイルランドをかへ
りみるわが眼に涙　われデリイを愛す　清らかさ静かさのためなり　野の端より
端に満つる白き天使ら　白き天使らデリイの樫の葉ごとに住む
デリイの小さき樫の森　わが白き家　天にいます神よ　そを害するものなから
しめ

六世紀のコロムキイルから二十世紀のイエーツにとぶことは少し飛び離れてゐるや
うであるが、イエーツの民謡「野兎の頸骨」を抜いて見よう。

曾《かつ》て王も行き　王の娘らも行つた
その水の上に帆をうかべ
美しい樹々の下にゆき　草原の上に
笛をふき　をどり
をどる間に恋人を換へて
一つの接吻には一つの接吻をかへす
最もよい事を学ばう
その水の端にみつける

野うさぎの頸の骨
流水にすりへらされてうすい骨に
錐《きり》で孔《あな》をあけ　そこからのぞかう
教会で結婚する古いにがい世界を
波たたぬ水の上に
野兎の白いうすい骨を透して笑はう
教会で結婚する人たちを

（私が訳すとどれも同じ程度にしてしまふやうで済まない。）

民謡の本がいま私の手許に見つからないので、戯曲や伝説の本から数章を抜き出して雑然と並べて見た。作者も地方もすべて不案内であることをお詫びする。

アイルランド自由国が成立してからゲーリック語が奨励せられ、若い芸術家たちの多くがこの国語を使つて創作するやうになつた。英語を使つた大家たちは上院議員になり教授になり、沈黙してしまつた。この「霧の中に消えてゆく緑の島」の詩も文学も英語をよむ人々の眼からやがてだんだんに遠くなつて行くのだらう。今ではオ・フラハーテイ（彼は小説家であるが詩人でもある）とかオケシイとか英語で書く作家しか私は知つてゐない。

戯曲家オケシイはあの自由国成立の暴動の中から現はれ、戦後のイデオロギイの騒音を巧に使つて世間を驚したが、いつの間にかそんな世界をぬけ出して一作毎に新しい境地を示してゐるのも、結局は彼がアイルランド人であり詩人であるからだらうと思はれる。近作「門のなか」'Within the Gates' は殆ど歌劇といひたいやうに歌が会話にとり入れてある。そしてそれは現実性のつよい詩ですぐに舞台にかけてうたふことが出来るだらうと思はれる。これもやはり生きた言葉の世界から詩をつくり出し、詩の言葉と民謡の言葉が常に交錯して止まぬ世界、アイルランドの詩人であるからだらう。

三月　雨のなかに微笑する

季節の変るごとに

季節の変るごとに、武蔵野はそれより一足先きに春秋の風がふき、霜も雪も早く来る、夏草が茂るのも早い。その野原に近い家で何年か暮して来て、毎日の生活には季節の物をたべてゐるのが一ばんおいしく、一ばん経済であることもおぼえた。

冬から春にかけ、らくに手に入るものは、野菜の中で一ばん日本人好みの大根で、それに白菜、小蕪《こかぶ》、ほうれん草、果物では林檎とみかんをずうつと六ケ月位たべ通すのである。十二月、正月にかけて乾柿が出る。新春のなますに乾柿を混ぜたものは世界のどこにもない美味である。冬の葱だけは都の西北の畑には貧弱なものしか出来ない。大森や池上あたりの白根の長いあの豊かな味の物は手に入りにくいから、しぜん、葱を防寒料理に用ひることはさほど愉しいとも思はなくなつた。それは私だけの話。春になつてまづ楽しみはいちご。春深くなればそら豆やゑんどう。家々の庭や垣根に豌豆《えんどう》の白や紫の花が眼をよろこばせ、夏近くまでふんだんに食べられる。竹の子は日本特有の味をもつてみごとな形をしてゐるけれど、ただ季節のにほひだけで、毎日じやんじやん食べたい物ではない。竹取の伝説や源氏物語にも出てきて、古くからの食料と思はれる。蕗《ふき》はそれよりも田園調で、庭のすみの蕗をとつてゐる時、わかい巡礼さんの歌なぞ聞えるやうな錯覚さへ感じられる。蕗のとうは鶯の声よりもつと早く春を知らせてくれる。

初夏の空気に夏みかんが現はれ、八百屋が黄いろく飾られる。一年中に一ばん酸つぱい物がこの季節に必要なのかもしれないが、すこし酸つぱすぎる。その次は可愛い新じやが。小さい物は生物も青ものもどれも愉しい。びわ、桃、夏のものは林檎やみかんほど沢山はたべられない。吉見の桃畑も今では昔のやうにおいしい水蜜を作らないのかと思ふ。遠方からくる桃は姿が美しくつゆけも充分あるけれど、東京のものほどすなほな味でない。五月六月七月、私たちのためにはトマトがある。どんなにたくさん食べてもよろしい。同時に胡瓜。この辺ではつるの胡瓜も、這《は》ひずりのも、すばらしい物で、秋までつづく。茄子は東京も田舎も、冬の大根と同じやうに日本風のあらゆる料理に最も奥ふかいうまみを持つてゐて、一ばん家庭的な味でもある。

やがて梨と葡萄が出て、青い林檎もみえ、秋が来る。キヤベツ、さつまいも、南瓜、栗や柿。それに松茸の香りが過去の日本の豊かさや美しさを思ひ出させる。

八百屋の口上みたいに野菜と果物の名をならべて、さて困つたのは、牛蒡《ごぼう》とにんじん、どの季節に入れようか？　お惣菜に洋食に、花見のお弁当に、正月のきんぴらに、殆ど一年ぢうの四季に渡つてたべつづけてゐる。あの牛蒡の黒さ、にんじんの赤さ、色あひだけでもにぎやかで、味がふくざつである。それから書きわすれたのは、八月の西瓜。グラジオラスの花に似たうす紅色ととろけるやうな味覚。口のなかでとけてしまふものはアイスクリームやショートケーキもあるけれど、あの甘いさわやかな味が水のやうに流れてしまふことがはかない気持になる。戦争を通つて生きて来た私はそんなに物惜しみするやうにもなつた。ずつと前に親しくしてゐたB夫人は西洋と日本の料理を器用にとり交ぜて私たちに御馳走した。

四季の折々B夫人の家には四五人のお弟子が招待されて、何時もビフテキパイの御馳走であつた。夫人はアメリカから一人で日本に来て家庭の奥さんたちに英語や作法を教へ、大使館の事務の手伝もしてゐた。その時分私はさういふ家に出入りするやうな閑《ひま》な身分であつた。戦争の始まるより十年以上も前で、古い話である。

B夫人はビフテキパイが好きで、日本人のコックさんも夫人の味加減を心得て上手に作つてゐた。奥さんたちをランチによぶ時はいつもビフテキパイを主食に、あとは細かい物をつけ合せにした。はじめて呼ばれた時は秋で、晴ばれしたお昼どき。スープは蛤《はまぐり》を白汁で煮たもの、それから大皿のビフテキパイ。ビーフは香ばしい香料と松茸でいり煮したものを、パイの皮に幾重にもはさんで焼いたもの。夫人はそれを幾つにも切つて客の皿に盛り、小物の皿をまはしてみんなが自由に取り分けた。小さい角きりの魚をてり焼らしく見せたもの（味は洋風）一口茄子の油煮、ずゐきの白ごま酢（サラダ代り）クッキースとコーヒ。それだけで、ほんとうのソーザイランチだと夫人は言つた。パイを何度もお代りして私たちみんな満腹したのを覚えてゐる。

次に招かれたのは春、スープは日本流の茶碗むし、白魚が一ぱい入つてゐた。ビフテキパイには初ものの生椎茸が混つてゐた。お魚はなく、揚ものは慈姑《くわい》のおろしたのを玉子と交ぜて黄いろくあげた物。竹の子や蓮根をうま煮の色に煮たもの。サラダすこし。うす紅のアイスクリーム、ちまき屋のまんぢゆうを蒸したのとコーヒ。みごとな色の料理で、ソーザイランチ以上と見えた。つぎは七月頃、パイは出さず冷肉だつたと思ふ。ほそいんげんの黒ごま和へ。小えび、アスパラ。特別の御馳走はフルーツサラダで、バナナ、パインアップル、桃やネーブル、ほし葡萄と胡桃《くるみ》も交り豪しやなもので、食後は長崎カステラとおせん茶であつた。

夫人が帰国する時、ある奥さんと私と、送別のために小さいお茶料理に夫人を招待した。小座敷にむつましく坐つて、鯛のさしみ、大きな鮎の塩やき、栗のふくませなぞを夫人はよろこんでくれた。そしてきんこと小かぶのみそ汁をほめた。きんこはどんな物かと訊かれて、私よりも英語の話せる奥さんが、きんこは、海にゐる時は黒く柔かい生物でナマコと呼ばれる。ナマコを乾したものがきんこであると、しどろもどろに説明したが、その黒く柔かい物がB夫人にはとても分らないだらうと思つた。それから「おそばはお好きですか」と訊くと、「ふうん！」と夫人は考へる眼つきをして「味はよろしい。長さがわれわれを困らせる」と言つた。

先日私は配給の短メンを食べてゐて、おそばの長さがわれわれを困らせると言つたB夫人を思ひ出した。短メンのみじかさはわれわれを寂しくする。さう思つて私は月日のうごきを考へてゐた。

黒猫

ある朝、庭の芝のうへに黒い猫が日なたぼつこをしてゐた。全体が真くろな大きな肥つた猫だつた。袖垣がある筈《はず》のところに大きな木犀《もくせい》が立つてゐて、下枝が地面ちかくまで茂つてゐるのでその蔭にゐればさむい風は来ないらしい。猫はその木犀を背景にして芝のなかに寝ころんで庭ぢゆうの日を浴びて眠つてゐた。

髪を結ひながら障子のガラス越しにこの猫を時々見てゐたが、ちつとも目をあかないから、あの黒猫は目くらぢやない？　と側にゐたふさ子に云つた。

目はあつてよ、此方《こつち》を見てるわ、ふさ子は覗きながらさう云つたが、なるほど、そのときうす茶色の眼をぎろりとさせてそこいらを見廻してゐた、それからまた眠つた。

障子をあけて部屋を掃かうとすると、夜の空気にどこともなく猫のにほひがした。よほどよごれてゐるんだなと思つたが、しかし、黒い背中はきれいに日に光つてゐた。

この場所が気に入つたと見えて、それから毎日そこに来て日なたぼつこするくせがついた。私たちはこの猫を黒にやあにやあと名づけた。黒にやあにやあは夜は何処へ寝るのかしらないが、ねぼうの私が朝おきて髪を結ふ時分にはもうちやんといつもの場所に寝ころんで目をつむつてゐるのだつた。

すこし暖かく南のかぜが吹くあさ、ふさ子が部屋を掃いてゐたが、あら、黒にやあにやあのにほひがするわ、この猫は、よつぽど遠くから来たのねえ、と云つた。ふさ子がその猫を旅人と思ふことが何か私にはをかしくおもはれて、ひよつとしたら、病人ぢやないのと云つて見たが、云つたあとで病人といふ言葉がをかしくなつた。でも、いひなほしやうもなかつた。

それからも、始終来てゐたが、そのうちに本郷の母が流感でわるくなつたので、私はその方へ出かけてばかりゐて、ひるま猫を見なかつた。母がすこし快《よ》くなつて三四日うちにゐたが、忙《せは》しいので庭を見なかつた。庭を見ても猫を見なかつた。たぶん庭にはゐなかつたのだらう。

けふ、快晴の日であるが寒いので火鉢にこびりついてぼんやりしてゐた。ふいと、黒にやあにやあが庭をとほるやうな気がした。ひるまの日が障子に映つて松葉のほそい影がぼやぼや動いてゐた。この影がそんな気持にさせたのかとも思つた。それでも、どうも通つたやうに感じて縁側に立つて行つて見たが、庭にはゐなかつた。いつもの場所にも生垣の根にもどこにもゐなかつた。

庭を見てゐると今朝の明方の霜がひどかつたことを思ひだした。何処かほかに温かい宿を見つけたのならい、が、病気してさむがつてゐないやうにと思つた。

火鉢のそばにかへつてから、ポオの黒猫のことをおもひ出した。たぶんあれも真黒な猫だつた。それから、あるとき、碓氷峠の茶屋で見た黒猫をおもひ出した。そのとき軽井沢にゐた私はおなじ宿に泊りあはせたAさんMさんと旧七月十四日の月を見に峠にのぼつた夜のことだつた。

私たちみんなは妙義山に向いた崖ふちの縁台に腰かけて山峡のうへの空をながめた。夜かぜが吹き出して、白い雲がところ〴〵波のやうに空に引いてゐた。

肌さむくなつた私は茶屋の土間にはいつて行き、主人夫婦がランプの下で力餅を拵《こしら》へてゐるのを見てゐた。そのとき暗い二階の階子《はしご》をみし〳〵させて大きな黒猫が下りて私の前に来た。同時にそとにゐた二人の人たちもふさ子も力餅を見に中にはいつて来た。

Aさんはちよつ〳〵と猫を呼んで、猫の長いしつぽをひつぱつて見た。私はびつくりして、あなたは、猫はお好き？　と訊いて、非常に犬が嫌ひなこの人は猫もきらひな筈だとおもつた。

Aさんは猫は好きだと云つて両手で猫の頭を抑へてもんでゐた。猫はうるさくなつたと見えて私の方へ寄つて来たから、何気なしに背中を撫でてゐると、背中をなでると胴ながになりますと、Aさんがおどかすやうな声で云つた。背中をなでると猫が胴ながになるといふことは昔の年寄たちのいひ慣れた言葉だつたのを私もそのとき思ひ出したが、しかし、その猫はもうすでに非常な胴ながだつた。そして痩せてゐて長い尾を持つた西洋だねだつたやうである。猫はいゝ加減に撫でてもらふとするりとぬけて尾を振りながら二階のはしごを上がつて行つた。

Aさんは二階を見上げてゐたが、ふいと私の方を向いて、あなたはかういふ二階を御存じないでせう？　僕は高等学校時代に旅行したときこんな宿にも泊つたことがあります、と言つた。私たちはしばらく二階の方を見てゐたが、猫はそれきり下りて来なかつた。

Mさんとふさ子はそのときもう火鉢のそばに腰かけて茶を飲んでゐたやうだつた。頭のなかで山の茶屋の黒猫とうちの庭の黒猫と二疋の姿が入りみだれて、それが自分の姿に交つて来ると、しまひには猫が自分だつたやうな気がして来る。

庭には影が見えないが、今たしかに黒猫が私の中をとほりすぎた。

L氏殺人事件

今から何十年も前のことである。L氏殺人事件といふ騒ぎが麻布の或る女学校に起つて世間をおどろかした。私はまだ十三か十四の少女でその女学校の寄宿生であつた。ちやうどイースタアのお休み中で、寄宿生徒で東京に家のあるものはみんな帰つてゐて、学校は大へん静かな時だつた。

その学校は丘の下の平地に建つてゐて、門を入ると右手に生徒の出入口があり、教室がいくつも続いて、二階三階が寄宿生の部屋になつてゐた。門から正面に植込を隔てて学校の玄関があり、西洋応接間、事務室、父兄の応接間、新聞室、先生方のひかへ室などあり、こちらの二階も生徒の部屋になつてゐて、ひろい廊下の突きあたりの扉をあけると、外国人教師の部屋が二つ三つ続いて、みんな南に向いて窓をもつてゐた。その一ばん端の、東南に向いた角に校長L夫人の部屋があつて、L氏もその部屋に夫人と一しよに暮してゐた。その部屋の扉のそとでL氏が殺された。

L夫人は前にはミスSと言つてもう長くこの女学校の校長をつとめてゐた。L氏は丘の上のT学校の教授で夫人よりはずつとあとから日本に来た人だが、縁あつて二人は結婚し、二つぐらゐの女の子も出来てゐた。

先生たちの部屋の前の廊下に、東に向いた階段があつて玄関に通じ、西に向いた裏の階段がキツチンや小使部屋に通じた。

小使部屋のそばの出入口の戸をあけて、（たぶん鍵がかかつてゐなかつたらしい）泥棒はすぐ裏の階段を上がつて二階の廊下に出ると、大きな吊りランプが一つ廊下を照らしてゐた。彼は別に案内をしらべて置いたのではないから、まづ一ばん端のいちばん大きさうな部屋の扉を叩いた。女ばかりの学校ときいてゐたので、おどかして何か奪《と》らうと思つたらしく、抜身の刀を持つてゐた。扉があいて中から出て来たのは女ではなく、背の高い大きな西洋人の男だつた。「何ですか？」と言つて彼は抜身の刀をみると、ひと目で強盗であることがわかつたから、妻や子供を守るために一息に押へつけるつもりでその手をつかまうとした。泥棒は小男ではなかつたが、この大きな若い男につかまへられる前に、めちやくちやに刀を振り廻した。ひどい物音で夫人が戸口に出て来ると、泥棒がいま倒れてゐる夫の上に刀をふり上げたところだから、彼女は「おお」と言つて手をのばしてその刀を受け止めようとした。その拍子に夫人の右手の指が二本人差指と中指とがぱらりと切り落されて夫人は失神して倒れてしまつた。泥棒は思ひのほかの自分の仕事に途方にくれて、血刀を下げて突立つてゐるとき、隣りの部屋に大きな叫び声や泣きごゑが聞えて、窓を開けて、一人ならず二人位の声で「どろぼう、どろぼう」と騒ぎ始めたから彼ははじめて正気に返つて、あわてて階段を駈け下り、逃げてしまつた。

隣りの部屋に二人の若い女教師がゐた。NH女史とEH女史だつた。人ごゑや格闘の音で目さめた一人が扉をあけてこの惨げきを一目みるや、夢中で扉をしめて鍵穴からのぞいてゐた。一人はふるへながら窓をあけ、庭に向いて大声で助けを呼んだ。鍵穴からじいつとのぞいてゐたEH女史は音楽の先生で花車《きやしや》な姿をしてゐたが、すばらしい度胸で、もう泥棒がゐないと見るや扉をあけて廊下に出て、倒れてゐる夫妻を助けようとした。L氏はもうすでに完全に息が絶えてゐた。夫人は額をきられ二本の指を切られ出血がひどかつたが、EH女史の手当で生命をとりとめることが出来た。教頭のM女史とボーイッシュで美しいA女史とは東の建物の二階の二つの部屋にそれぞれ起居してゐて、広い庭をへだててゐたからこの騒ぎは知らなかつた。小使の知らせで二人は急いで起きて来て、それから漸《ようや》く医者と警察に連絡をした。

新聞は大々的にこの殺人事件を書き立てた。書かうとして探ぐれば、いろんな事が出てくる。警察はすぐに犯人を探しあてるつもりで大奮闘した。しかし血刀をさげて駈け出したその殺人者はすこしも跡を残さず消えてしまつた。死んだ人と回復をあやぶまれる人とが眼前に証拠を見せてゐるのでなければ、まつたく、だれかが夢をみたのだと思はれさうに、犯人は完全に隠れてしまつた。

二人の被害者のほかに、悲しい犠牲者がもう一人ゐた。

L氏が教へてゐた丘の上のT学校の校長は神学博士C氏で、この老博士に二人の令嬢があつた。L氏はC博士の家に親しく出入りして故郷にあるやうな気やすさで交際してゐるうちに、むかし風の淑女であるC令嬢の姉の方に温かい愛を感じ、彼等はじきに婚約した。C博士もC夫人も非常に喜んだことだつた。しかしその晴ればれとした幸福のただ中に、金髪の青い眼をしたすばらしい才女、丘の下の女学校の校長であるS女史が現はれると、L氏の心に急な変化が来た。彼は生れてはじめての熱情を以て女史を恋した。周囲の人たちも同情してこの恋愛を成り立たせ、結婚させたのだつた。C令嬢はしづかに身をひいて、今まで教へてゐた女学校の方も止め、丘の上の学校にはL氏が教へてゐるから、そこにも教へる気がしないで、麻布の裏街の家々を訪問して個人伝道をはじめてゐた。さういふ過去の話も警察が聞き出すと、すぐそこに一つのスキヤンダルがあつたとして、或る手がかりを握つたやうに騒ぎ立てた。C令嬢はじつに不幸であつた。しかしまた幸であつたのは、殺人の現場を隣室の鍵の孔《あな》からEH女史がこまかに覗いたことであつた。日本人の泥棒が刀を持つてL氏と組合つたことを確かに見たことで、いろいろな奇想天外の警察側の空想も破られて、彼等もその泥棒を探すより仕方がなかつた。C令嬢はその夏ぐらゐまでしんぼうしてゐたが、ついに両親とわかれて故郷に帰つて行つた。その後の彼女の生活はきこえてゐない、やはり清くつつましく生きたことと思はれる。

この騒ぎがしづまつてL夫人がやつと回復すると、教頭のM女史を校長にして自分は顧問といふやうな位置につき、小さい子供を育てながら上級の生徒たちには料理とか洗濯といふやうな家庭の仕事を教へた。子供が五つぐらゐになつた時彼女は故郷に帰つて行つた。むろん彼女と子供だけを旅立たせることはあまり痛ましいので、教師の中で最年少者のA女史が同伴者として一しよに立つて行つた。

T女学校はさういふ悲劇が一つの暗い影を落して、それと同時にハイカラな風がだんだん倦きられて急に古風な女子教育法が世間一ぱんに流行して来た時代の波で、最も進歩的であつたこの女学校もひどく急に生徒の数を減らしてしまつた。この学校をやめた生徒たちは華族女学校とか虎の門女学館なぞに入学して、みんなが宗教のにほひのする世界のそとに育つて行つた。

この時の悲劇はほんとうに突発的なもので、路傍に電線が垂れ下がつてゐて偶然それに触れた人が感電したのと同じやうなわけだつた。何の原因があるでもなく誰のせゐでもない。もしL氏がほかの人と結婚して別の場所に暮してゐたら、彼は何の怪我もなく、学校の案内もよく知らずに侵入した泥棒は、校長かほかの先生かの指を二ほん切り落しただけで、殺人もしなかつたであらう。通り魔といふやうな物すごい一瞬の出来事ではあつたが、初めの一つの不幸がいくつもの不幸を引いて来たと言はれるかもしれない。生徒たちは学校の体面をおもひ、また二本の指を失くした未亡人の姿を朝に晩に見てゐるので、それ以後だれも決してこの悲しい事件を口に出すものはゐなかつた。しかし物に感じやすい少女たちの心にはいろいろな陰影がうごいてゐて、神秘的に考へるものと常識的に考へるものと、それはただ彼等のをさない心の世界にだけくり返された問答であつた。

新しい校長M女史は深く物を考へる学者型の人で、決して伝道者型ではなかつた。洗礼をうける人数が多いのを誇りにしてゐたこの女学校の初期の気風とはすつかり離れて、彼女は西洋風の教養を持つ日本の新しい女性をつくり出さうと力いつぱいに骨を折つた。M女史は教へることが上手で、また楽しみでもあつた。それゆゑ不景気時代の学校の経営もむづかしかつたらうけれど、生徒を教授することが生命がけで、学校は今までとは違つた地味なものになつたが、しづかに根づよく育つて行つた。

迷宮に入つたまま葬り去られるかと思はれた殺人事件は、しかしもう一度新聞に書かれる時が来た。それは三十何年か過ぎた後のこと、東京のどこかの警察にちよつとした微罪で挙げられた一人の男が、自分はむかし、今から三十余年前、麻布で人を殺したことがあると自白したのだつた。その委細が新聞に出たが、それだけ古い事になると読む人をあまり動かさなかつた。読者の半分以上は自分たちの生れ出ない前の話なのだから、また年をとつて大ていの事は忘れてしまつた人も多かつたから。しかし少数のものは、私もその中の一人で、熱心にこの記事を読んだ。もう疾《と》うに時効にかかつてゐるから、この犯人はその昔の殺人事件のため罰せられるわけにはゆかないで、その新しい微罪のため行くところにゆかせられたと覚えてゐる。その後のことはどうなつたか知らない。学校と警察とからは故郷に静かに生きてゐた老夫人にこの最後の知らせを送つた。一人の泥棒が物盗りに入つた拍子に何のゆかりも恨みもない人を殺してしまつて、一生その罪の重荷に苦しみながら生きて来たが、警察で隠せばかくし了《お》へられる古い事件をついに自分から言ひ出してしまつたといふことを「御報告するよろこびを持ちます」と手紙には書いたと思はれる。

もうすでに一世紀の半分ほどを経過してゐるけれど、その事件を身近く見聞きした人たちの幾人かがまだ生きてゐると思ふ。その人たちの平和としづかな余生を祈りたい、私自身もその中に含めてである。

学校を卒業した時分

時が経つと写真もぼやけます。銘仙の着物に矢筈《やはず》の羽織をきた一人のむすめの姿がたいそうぼんやり私の頭に浮び出します。そのむすめは十七でした。当時世間が贅沢になりかけたのでしたか、それとも外のもつともらしい理由があつたのだつたか覚えませんが、卒業生は紋服をきるに及ばぬと云ふ命令のもとに、みんなが怒つてふだんの銘仙をきて卒業したのでした。よほど変つた卒業式の光景だつたやうです。外国人の校長が

「サテ　マイデイア　ギヤールス　アナタガタハチノシオ　トナラナケレバナラヌ　ソシテ　アカリヲ　マスノシタニ　オイテハナリマセン（聖書の句です）」

といふ告別の演説をしました。彼女は燈火《あかり》を升の下におくやうな不経済な真似は一生しない覚悟をしたやうですが塩と云ふのは非常にさむい感じを彼女にあたへました。どんなことがあつても塩なんかにはなりませんと、心の中《うち》でいきんでたやうでした。

そんな奇妙なかたちで卒業しました。十七ですもの、何んにも知つてた筈はありません。

うちへ帰つてから少しづつ白粉《おしろい》をつけるけいこをしだしました。世の中がひまで、時間が長くて、多分その年の秋でしたか、長く寝てしまひました。肺病ではないかしらと母親も医者も心配してくれました。まだチブスも神経衰弱もはやらないむかしのことで、長い病気はすべて肺病と概念的にきまつてゐたやうです。彼女はなほつてもなほらなくてもいゝと思つて、時々父さんの香水をちよろまかしては頭にふりかけて寝てゐました。その中《うち》に困つたことに癒《なお》つてしまひました。

彼女の妹はその頃学習院（華族女学校と云ひました）に行つてゐました。その同窓に西村茂樹先生の令嬢がありました。非常な俊才で、学校の余暇に始終小説をかいてをられ、それを水茎の跡うるはしく小野鵞堂風の筆でかき流して、友人間に見せ合つたりしてをられました。妹が持つて来ると彼女もそれをこつそりのぞいてひどく感激したものでした。――その時の西村令嬢は多分いまの中條百合子さんの叔母さんにあたるのでしたらう――あながちそればかりでもなかつたのでせうが、徒然《つれづれ》が、それにもう一つまづしさが、彼女を文学に追ひやつたやうです。彼女は文学少女になりました。

一葉女史は濁り江やたけくらべをかいて、世の中を圧倒してゐた時分のことでした。彼女もなにか書くことを覚えたいと思つたのですが、聖書のお講義ぐらゐしかきいてないのですから、まづ歌の先生のところへ国文学研究と出かけやうと思ひました。中島歌子先生はその頃の一ばんの大家でした。それから佐佐木信綱先生はその頃の新人なのでした。どつちに行かうかと思つて、考へてみてもきまりがつかず、どつちにしようかな？　指で決めてたうとう佐佐木先生のところへ入門しました。

若い女性のためになりたがる雑誌がもうすでにその時分にも売り出されてゐました。太陽や文藝倶楽部のほかにもなにかよみたくて彼女と妹とはさういふのも買つてゐましたけど、そこに出る小説は屹度《きつと》きまつて恋人を人にゆずつて自分だけ損をすると云ふ筋でした。

家庭にそろ〳〵倦きて来ると彼女は自分の仕事を欲しく思ひましたが学校の女教師よりほか仕事のなかつた時代には彼女は教師になる気はしないので仕方なしに歌の稽古に通つてゐました。

その頃彼女の家は豊川稲荷のとなりで表は青山の大通りに面してゐましたが裏は細い道一つへだて、御産所の門とむかひ合つてゐました。御産所と云ふのは当時の青山御所の一番隅にあつた一郭で陛下のお子様方のおうまれになる期間だけの御殿でした。

彼女が卒業して暫《しば》く経つてから一度そのお産所の門が開いてそれから毎日そこに一人の番兵が立つてゐました。又暫くしてその御門がしまり番兵は見えなくなりました。うちのもの、話では○○様はもうお肥立ちになつて昨日御殿にお帰りになつたといふ事でした。学校生活ではまるで知らなかつた世界の一つの出来事が、奇蹟のやうに彼女を驚かしました。それについて彼女がことあたらしく発見（？）したのは、母と子供とは全然別のものであると云ふやうなぼんやりしたことでした。御所のその部分だけは殊に杉が多く暗い奥ぶかい感じがして、それを眺める彼女の家は町角の騒音にとりまかれて、庭に桜の木が多くある家でした。

四月　白と緑の衣を着る

徒歩

銭形平次の時代には乗物といってもバスも電車もなく、さうむやみとお駕籠《かご》にも乗れなかつたらうから、八五郎が聞きこみをすれば、向う柳原の伯母さんの家からすぐ飛び出して神田の平次の家まで駈けてゆく。そらつと言つて平次は両国だらうが浅草だらうが吉原だらうが行つてみなければならない。歩く方に精力を使つてくたびれてしまふだらうと思はれるけれど、その時分はそれでけつこう用が足りてゐたらしい。平次が江戸で犯人の足どりを考へてゐるあひだに、八五郎は三浦三崎まで出かけて、三日三晩やすまずに容疑者の故郷を悉《くわ》しく調べて帰つてくる。現代人ならば東京に帰る前につぶれてしまふところだけれど、八五郎は足に豆を拵《こしら》へたぐらゐで平気でゐる。何もみんな習慣の力であらう。

銭形平次まで遡つて考へないでも、私たち明治の人間の子供時代には、大人も子供もずゐぶんよく歩いてゐた。人力車が安かつたといひながら、それはやはりぜいたくであつた。私の少女時代、土曜日のやすみに寄宿舎から二人乗りの人力に友達と二人で乗つて銀座の関口や三枝《さえぐさ》へ毛糸だのリボンだの買ひに行き、帰つてくると二人でその車代を払つて、歩いて行けるところだともつと何か買へたのね、なんてさもしい勘定をしてゐた。麻布から銀座まで往復の車代はいくらだつたか覚えてゐないが、とにかく今のハイヤー位の割合で相当なものであつたのだらう。

学校を出てから私は佐々木信綱先生の神田小川町のお宅まで、歌のおけいこや源氏物語のお講義を伺ふため一週一度づつ通つた。ずつと以前中国公使館があつたその坂の下で、永田町二丁目の私の家からは神田小川町までかなり遠かつた。朝九時ごろ人力でゆき、帰りは十二時ごろ向うを出てぶらぶら歩いて帰ると、ちやうど一時間ぐらゐになつた。小川町から神田橋へ出て、和田倉門をよこに見て虎の門へ出る、やうやく溜池の通りまで来ると、右のほそい道へまがつて山王の山すそのあの辺の道が永田町二丁目だつた。

帰るとお昼をたべてお茶を飲んで夕方まで何もしないで草臥《くたび》れをなほす工夫をしてゐた。それに、その時分の年ごろは遠路を歩いて脚のふとくなることも苦痛の一つだつた。父が勤めをやめて家に引込んでゐた時なので、われわれの家の娘が歌の稽古のために車の送り迎へなぞはぜいたくであると言つてゐたから、片道だけ車にのるのは母の親切によつたので、そんな風にして先生のお宅に通ふといふことはよほど歌が好きだつたためで、つまり文学少女なのだつた。

また或る日は小川町から神保町を通り賑やかな店々を見て――その中でも半襟屋をのぞくことは愉しかつた。本屋はのぞかなかつたやうである――それから九段坂をのぼり、お堀ばたを歩いて半蔵門や麴町通りを横眼に見ながらだらだら坂に来てから右に折れて、麴町隼町に出る、そのつぎが永田町の高台だつたと思ふ、こんな事を考へてゐると車屋さんか運転手みたいだけれど、じつによくも歩いた、一時間と二十分ぐらゐの道であつた。（この中に神田の店々をのぞく時間もはいつてゐる。）むろん晴天の日ばかりであつたが、雨の時お休みしたのかどうか、はつきり覚えてゐない。

さてそんなに遠路を歩いて、下駄はどんな物を履いてゐたか、履物のことは少しも思ひ出せない。どうせふだんの物だから立派な品ではなかつたらうけれど、表がついてゐたかどうかも忘れてしまつた。履物はいつも母が自分のや私たち姉妹のを一しよに赤坂の平野屋で買つて来たやうだつた。その時分は草履は流行でなかつたから、とにかく、どんな下駄にしても、下駄にはちがひない。

その二三年後のこと、先生のお弟子の中ではだいぶふる顔になつてゐた私はお花見がてら春の野遊びの会といふのに誘つて頂いた。先生御夫妻と、そのほか六七人、川田順さんがいちばん年少者で十八ぐらゐであつたと思ふ。どこの駅からどんな風に乗つたか、たぶん立川で降りたと思ふ、山吹の咲いた田舎道を曲がりまがり歩いて多摩川べりに下りてゆき、筏《いかだ》の上や川原の石ころの上でお弁当をたべた、そのあと何処をどんな風に歩いたものか、小金井のお花見をしたのはその同じ日であつたか、それとも翌年の春であつたか記憶が混乱してはつきりしないが、最後に中央線牛込駅で降りたのは夜になつてからで、みんなで九段の上まで歩いて富士見軒で夕食をした。私だけは永田町までの夜みちを一人歩かせるのはいけないとあつて人力を呼んで下すつたが、あとの人たちはみんな九段坂を下りて歩いて帰つた。川田さんだけは牛込の方に。そんなやうに朝から夜まで歩き廻つても別に足の腫れた人もなかつたやうで、習慣や気分のせゐであつたらう。

近年になつて、戦争中電車のうごかない時、東京の主婦たちは一日に何里かの道をあるいて焼けた親類や友人の見舞をすることもあつた、これは気だけで歩いたのだ、しばらく軽井沢に暮してゐた私は駅から旧道の宿屋までの一本道をたびたび往復した。いつも重い荷物を持つてゐたが、夜の軽井沢の道はそれほど遠いとも思はなかつた。わかい人を連れにしてゐたせゐで、散歩してゐるやうな気持でもあつたらしい。

ある忙しい家庭の奥さんが話したことだが、足が動いてゐる時には悪い智慧なぞは少しもうごかない、のんびりと自然の中の生物の一つとして動いて行く。人間は坐つてゐる時や寝てゐる時いろいろな考へごとをするので、長く寝てゐる人は賢こい悟りをひらいたり、或る時は意地のわるい遺言状を書いたりするのだと言つてゐた。ほんとにさうなのだらうと思つて聞いた。

ともしい日の記念

終戦直後わが国にゐた外人たちの中で、兵隊さんたちはみんな一食づつきまつた配給であつたから、その人たちはそれでもよかつたが、家族づれの一家で軽井沢に暮してゐる人たちなぞ私たち以上にともしかつた。彼らは私たちのやうに蓮根や牛蒡《ごぼう》は食べられず、たべ馴れた野菜の馬鈴薯とかきやべつ玉葱と、それにきまつた配給のパンを食べ一度一度に缶づめの肉をたべてゐた。私と同じ宿屋の二階に二人の子供があるアメリカ人一家がゐたが、この人たちは運よく総司令部に勤めるやうになつて段々らくになつて来た。それでもパンや肉を余計に食べることは出来ないから、夕飯の時はきまつた量のパンと一品の肉料理、野菜と、そのあとでお粥をたべた。米一合に小さいきやべつならば一つ、大きいのならば半分ぐらゐ、こまかくきざんで米と一しよにぐたぐた煮ると、米ときやべつがすつかり一つにとけ合つてしまふ。うすい塩味にして、それに日本葱を細かく切つて醬油だけで煮つけて福神漬ぐらゐの色あひのもの、まづ葱の佃煮である、これをスープ皿に盛つたお粥の上にのせて食べる。宿屋のお勝手で教へられたとほり作つてみると、温かくて甘くすべこく誠によい舌ざはりであつた。ある時日本葱がなかつたので玉葱でやつてみると、日本葱より水つぽく、甘たるくてこのお粥には全然調和しなかつた。

このごろ食べるものはそれ程くるしくないのできやべつのお粥なぞ久しく忘れてゐたが、これは今食べても中々おいしい。昔イスラエル国では正月の十四日から七日のあひだ酵《たね》いれぬパンの節《いはひ》といふのを守つて、神とモーセに依つてエジプトから救ひ出された時の記念にしたといふことであるが、私たちの最も苦しかつた時の記念にこんなきやべつのお粥とか砂糖なしの塩あんしることか、肉なしコロッケとかいふやうな献立を考へて、それもそれなりに愉しくおいしく食べてみたらどうかと考へる。お金を使へばきりがない。まるでお金を使はなければ生きてゆけない世の中である。何とかして健全に愉快に生きつづける工夫をしてみよう。

乏《とも》しく苦しかつた日の記念日、何といふ名にしようか？　それは祝ひ日であらうか、それとも命日みたいなものかしら？　恐らくそのどちらでもなく、まづお正月みたいに、あまりおいしくない料理を愉しくおいしさうに食べてゐればよろしい。その時分に私たちが喜んで食べてゐたものを二つ三つ思ひ出してみよう。

白米の御飯はしばらくお預けにして、きやべつのお粥でも、あるひはメリケン粉とおからと交ぜた蒸パンでもよろしい。馬鈴薯をマッシユにして、野菜の濃いカレー汁をかけ、ゆで玉子一つを細かくきざんで散らばし、福神漬なぞあしらへば立派な主食になる。（福神漬や、らつきようはあの当時入手できなかつたかもしれない）お魚はみがきにしんのてり焼が一ばん結構だと思ふ、味がそれより落ちるけれど烏賊《いか》のわた煮（輪ぎりにしたもの）、鰯のみりんぼし、家庭で生乾にしたもの、ほつけのバタやき、ぢか火で焼いた鯨のビフテキ、塩胡椒でにほひを消せばよろしい。（私のやうにぜつたいに鯨がたべられない人はお精進の油揚のつけ焼で代理させる）、このほかその当時手に入つた魚類を思ひ出すこと。

茄子のおさしみ、蒸してうすく櫛形に切つたもの、酢みそよりは生醬油の方がおいしい。薬味は何でも手に入るもの。茄子の季節でなければ、こんにやくのさしみ、よくゆでてさしみのとほりに切る、トマトの時分ならば茄子よりも見た眼に美しい。何もない時には胡瓜《きゆうり》、ほそ身のもの、これは田舎みそがよいやうである。

煮物は季節の野菜何でもよろしい。私たちは東京でも田舎でも煮物は何かしら食べられたやうに思ふ。春は牛蒡、新じやが、さやゑんどう、にんじん。夏から秋には蓮根、小さい玉葱、細いんぎん、さといも、冬ならば大根か小かぶの煮物。たんぽぽは春の野草であるけれど、黒ごまあへがおいしい。秋のずいきは白ごま。

お汁は豆腐か野菜、何でもけつこう。海辺の人から浅蜊《あさり》の乾したのを送つて貰つた時、さつま汁の豚肉代りにしたり、豆腐と煮たこともあつて、浅蜊はこんなにおいしい物かと思つてその一袋をたのしみながら食べた。このほか前に言つた肉なしコロッケ、青い葱をすこし交ぜる。豚肉なしの竹の子そぼろ煮、竹の子かにんじんがあれば、細かくきざんで、豚肉代りに海糠《あみ》か、生節《なまり》ぐらゐ入れる。

さつまいも、じやがいも、南瓜《かぼちや》は煮物でなく、主食の代用にされることが多かつた。じやがいもの残りいもで、指の頭ぐらゐの小つぶの物を捨てずに皮ごと油でいためて味噌をすこし入れて炒りつける、「味噌つころがし」と言つて主食の足しになる。これは馬鹿にできないしやれた味で、今なら新じやがのごく小粒のところで残りいものつもりにして食べる。

白菜やきやべつの漬物がたべられるやうになつたのは、昭和二十二年頃からと思ふが、この記念日には少々ばかり白菜のやうな贅沢品を使はせてもらへば、漬物でもスープでも大に助かる。食後の果物はりんご、柿、葡萄《ぶどう》、みかんなぞありふれた物を食べること。お菓子はすこし面倒でも手製にする。砂糖なしにすればなほ勇ましいが、まづまづこれだけは少し甘くしたい。あの時分の餡《あん》はいも餡、かぼちや餡、うづら豆、グリンピース等であつた。いちばん普通にみんなが食べたのは薯《いも》のきんつば、かぼちやの小倉どほし（小豆がはいらない小倉といふのも奇妙であるけれど）これは黄いろくて見る目に美しかつた。グリンピースを餡に入れた蒸饅頭。小豆にうづら豆も交ぜた蒸ようかん等々であつた。ピーナツ、乾柿《ほしがき》、梅干砂糖漬、黒砂糖のあめ。こんな物はどこともなく遠くの方からそうつと運ばれた物。さてこんな事ばかり書いてゐるとひどくひもじさうであるけれど、六年も七年もまづい物ばかり食べてゐたあの時分はみんながひもじいとは知らずに、ただ、物ほしかつたのである。その物欲しさのためには、籠をさげ袋をしよひ、みんなが山坂を歩いてゐたのだつた。その不自由だつた日を記念し、今を感謝し、将来への祈りをこめて、一つの記念日をつくりたい。

まどはしの四月

その小説はエンチヤンテッド・エプリル（まどはしの四月）といふ題であつたとおぼえてゐる。大正のいつ頃だつたか、もう三十年も前に読んで、題までも殆《ほとん》ど忘れてゐたが、二三日前にふいと思い出した。ロンドンで出版されて当時めづらしいほどよく売れた大衆もので、作者の名も今はわすれた。

郊外に住む中流の家庭の主婦が街に買物に出たかへりに、自分の属してゐる婦人クラブに寄つてコーヒーを飲み、そこに散らばつてゐた新聞を読む。新聞の広告欄に「イタリヤの古城貸したし、一ケ月間。家賃何々。委細は○○へ御書面を乞ふ」と珍らしい広告文であつた。それを読んだその奥さんはごく内気な、まるで日本の古いお嫁さんみたいな古い女であつたが、さびしい地味な家庭生活の中で、彼女がかうもしたい、ああもしたいと心のしん底でいつも思つてゐた事の一つがその時首をもちやげたのだつた。空想はその瞬間にイタリヤの古城に飛んで、何がしかの家賃を払つて、その古城を借り夢にも見たことのないイタリヤの四月の風光をまのあたり見たいと思ひ立ち、さて家賃を考へる。さうしてゐるところへ顔なじみのクラブ会員がまた新聞室にはいつて来る。今まで少しの交際もしなかつた夫人であるけれど、内気の夫人はこの人にその広告を見せる。「あなたこの古城に行つて見たいとお思ひになりませんか？　私たち二人でこの家賃を払つて？」その夫人もたちまちイタリヤに行きたくなる。二人は永年の親友のやうに仲よく並んで腰かけて細かくお金の計算をする。旅費、食費、家賃、それにコツクさんもお城に留守居してゐるから、彼女にも心付が入る、等々。二人の夫人は何かの時の用意に預けて置いた貯金を引出して、一生の思ひ出に今それを使つても惜しくないと思ふけれど、それにしてもお金がすこし足りない、彼等おのおのの夫には秘密にこの計画を実行したいと思ふので、くるしい工夫をする、どうしても足りない。

折しもこの室へわかい美しい会員がはいつて来る。考へこんで困つてゐた二人の奥さんはこの人に相談をかける。令嬢はびつくりするが、少し考へて忽《たちま》ちその仲間にはいる。彼女はほんとうはなにがし侯爵令嬢でロンドン社交界の花形なのであるが、中流の地味な生活者の主婦たちは彼女を知らない。令嬢は想はぬ人におもはれてもやもやしてゐる最中だから、ちやうど好い隠れ場だと思つてこの夫人たちと行を共にし、費用の三分の一を持つことにする。令嬢はなにがし侯爵でなく父の家の本名を名のるから、彼女の身分は少しも分らない。すぐに話がきまつて彼等は愉しく出発する。その古城は四月の海を見晴らして、夢のごとく、映画の如く、小説の如く、それよりもつと美しい。そこで事件がいろいろ起る。招かざる客が幾人も来る。私は細かい筋をわすれたけれど、令嬢は思ひもかけなかつた恋人（侯爵でも伯爵でもない、わかい立派な紳士）を得るし、二人の夫人たちも冷たく遠かつた夫たちを取りもどして、めいめいが賑やかにロンドンに帰つて来る話だつたと思ふ。久しい昔読んだのであるひは違つてゐるかもしれない。

今ごろ私がこの小説をおもひ出したのは、古城に遊びにゆきたいからではない。日本では立派な古城なぞはすべてお上《かみ》の所有品であり、絶えまなく焚物代りに焼き捨てられてゐるのである。

私が欲しいと思ふのは銀座か日比谷あたりに小さな女ばかりのクラブがあつたらと、外出ぎらひの私にしては不思議な注文である。買物の出はいりにちよつと寄つてコーヒーでも飲めて、雑誌や新刊の本が読めたら気楽だらうと思ふ。むづかしい本と軽いよみ物と交ぜて気分次第に読む。さういふ処で若い人と年寄とが親しくなつて、各《おのおの》の世界は無限にひろがつて行くこともあるだらう。そんな事を考へて私は明日よりもつと遠い日に希望を持つのである。

どんな事にも先立つものがなければ仕方がない。今の時代には会社の使ひこみとかお役所の秘密の何々とかいふ場合、大てい三千万四千万といふやうな数字が新聞に出る。そんな多額のお金がどことなく眠つてゐるものらしいけれど、そんなに沢山なくても、もつともつと小さいものでも天から降つて来るやうな奇蹟を待たう。奇蹟といふものは昔もあつて、今もあると私は信じる。

かなしみの後に

病人は幾たびも快くなつて、そしては又悪くなつて行つた。ずゐぶん長いあひだ医者と私どもはどうかして此《この》病人から死をはぐらかさうと努めてゐた。しかし、どうしても死ぬべく定められてゐた人であつたのだらう、ほんとうに一歩づゝ病気が進んで死はいつの間にか近づいて来た。それでも神ならぬ私どもはまだ祈つてゐた、どうかして、どうかして、と。

どうかして助からう、どうかして助けよう、さういふ病人と私どもの祈りが長いあひだの努力に疲れてもう段段に弱くなつて来た。

弱り切つた私が何かすがるべき物を見つけようとして、何も何も見つからないで身一つのはかなさの中に重い心を沈めてたゞ病人の生命の切れかけてゐるのを見てゐる時分であつた。

「おれの病気はなほるだらうか？　駄目ぢやないだらうか？　お前はどう思ふ？」病

人は珍しくさう云つて私の考を聞かうとした。

病人の声は優しくほそかつたけれど、私は傷の上に石を投げつけられたやうに痛みを覚えた。どうして私に真実が云はれよう、私は嘘をいはなければならなかつた。病人の疲れ果てた眼は私をじいつと見て神の託宣を待つやうに私の返事を待つてゐた。私には嘘もいはれなかつた。今の今まで沢山の嘘と真実を何のくるしみもなく云つてゐた私の舌が急に硬ばつて口の中でたゞ少し動いてゐた。私は何か云はうとした、そしてたゞ涙が出て来るのを感じた。

「もう少し待つて御らんになりませんか、もうすこうし。きつと直るだらうと私は思ひますよ。」

「もうずゐぶん長くおれは待つてゐたんだよ、待ちくたびれてしまつた。重い……重い……」と彼が弱々しく云つた。

「何が重いの？」

「生命が重い。」病人はその生命がさも重たさうに溜息をした。死はもう私ども二人のすぐ眼前まで来てゐた。

私はその時むしろ夫と二人でその死の中に飛び入りたいと思つた。衰弱し切つた病人の蒼白い顔を見てゐる時、人間が堪へなければならない苦痛の重さを私はしみじみと感じた。私が死にたい、私が死んであなたを生かして上げたい、生かして上げられないまでも、此苦痛をへらして上げたい。神に対する恨みと祈りで私の心がはち切れさうになつた。涙がぽたぽた膝に落ちた。いく筋も頰を流れ落ちる涙が冷たいのか熱いのか、それさへ分からなかつた、たゞ顔がいつぱいに濡れてゐた。それを拭きもしないで、唇がぶる〳〵震へてゐた、それへまた新しいのが落ちて来た。

眼をつぶつて眠つたやうな人の顔を見ながら、私は心の中で神にともなく夫にともなく云つてゐた。「なほらないものなら、早く死なせてあげたい。早く、一日も早く死なせてあげたい、それがあなたの幸福ならば……」

なくなる四五日前の朝であつた。三時ごろから起き出して来た看護婦がひと晩中起きてゐた私を気の毒がつて、せめて一時間でも休んでくれと云ふので、病人もちやうどその時眠つてゐるのを見て、私はちよつとの間隣室へ来て床に入つた。さうすると直ぐ起された。

「奥様、誠にすみませんが、旦那様がお呼びになつていらつしやいますから……」

私はすぐ起き出して帯をしめた。そして羽織を手に持ちながら病室へ来て床の側に座つた。夜が明けてゐた。

「どうなすつたの？」

病人は横に寝てゐてじいつと私を見あげた。

「此処《ここ》にゐておくれ。」いつもより細い声だつた。

「おれは今死ぬやうな気がした。もし口がきけなくなるといけないから、それでお前を起したんだよ。此処にゐておくれ、い、かい、此処にゐておくれよ。」

病人はむさぼるやうにそして縋《すが》るやうに私の顔をしみじみ見てゐた。私の熱い眼が涙に充ちて来た。

「だいじやうぶ、此処にゐますよ。どうなすつたんでせう？　まだいけませんか？注射をしませうか？」

私は全身の懸念をこめた眼を向けて一心に病人の顔を見てゐた。

「今すこし良くなつたやうだ、最《も》う大丈夫だらう。おれの手を持つてゐておくれ。」

手が冷たかつた。

「山中さん、注射をして下さい。」と私は看護婦を呼んだ。

「あ、最う少しあとにして下さい。」と病人は彼女を止めた。「お前に手を持つてゐて貰ふと、大変に落ちつくやうだ。いつまでも持つてゐておくれ。もう少しあとで注射をする。」

私自身の手も冷たかつた、そして全身が熱くなつて顫《ふる》へるやうに感じた。疲れ果てた私の身には病人の信があまりに重すぎた。弱つた私の心は今散らうとする花びらのやうに風が触れてもくづれるばかりだつた。

それでもほんとうに私は妻だつた。意識の中に感じた顫へは手にまで伝つてゐなかつた。手はおだやかに、そして極《ご》く和《やわ》らかに夫の手を抑へてゐた。私どものまだ知らなかつた強い愛が心と心にあたらしい物語をした。私の手は少しも顫へてゐなかつた。病人は一歩を死の国に踏み入れて、たゞ一歩を私どもの国に止めてゐた。強く彼に触れたら、其時《そのとき》のたゞ一ふきの息にも彼は私の眼の前に空しい土塊《つちくれ》となつてしまひさうであつた。私は眼を上げて看護婦を呼んだ。

「旦那様、注射をいたしませう。」と看護婦は静かに床の向う側に来た。病人は黙して腕を出した。

「痛いつ……」と病人は顔をしかめた。「痛いのはいい気持だ。生きてるやうな感じがする。痛いのはうれしいね。」と病人は悲しさうに笑つた。

看護婦の針を持つ手がぶるぶる震へた。痛ましさに彼女の白い顔は見る内に赤くなつて来た。睫毛《まつげ》を伏せて彼女はたゞその針を見つめてゐた。

「山中さん夜中起こして置いてお気の毒ですね、もう朝が来たから寝て下さい。」病人はいたはるやうに彼女に云つた。

「いゝえ、わたくしは三時から田中と代りましたので。奥様こそ昨晩からちつともお休みになりませんで、お労《つか》れでございませう。」つゝましく彼女は云つた。

「奥さんは構ひませんよ、奥さんですから。あなたは寝て下さい。もう田中さんが起きるでせう。」病人は優しく彼女に云つた。

私も口を添へた。看護婦は特に病人がそれを望むらしいのを知つて、静かに病室を出て行つた。

「いゝ人だね、あの人は。どうかよくしてやっておくれ。ほんとにいゝ人だから。」と彼女の忠実さをしみじみ悦《よろこ》んでゐる病人は、尊いたから物を私に預けるやうに念をおしてゐた。

あとにも先きにも彼が遺言らしい事を云つたのは此時だけだつた。心配な事は沢山あつた。病人はそれをすつかり天にまかせたか、それとも私の心一つにまかせたのか、五ケ月の間なんにも云はなかつた。云つたことは此小さな事ひとつ、私どもが日常云ひなれたやうな事の一つが私への遺言であつた。意識は最後まではつきりしてゐたから、彼が云ふべきことを本当に其時に云つたのだつたかも知れない。私は今ほんとうにさう信じる。彼の家と身にまつはる種々のむづかしい事件、また愛する子供たちと衰へかけた妻の行末、それらが彼の心に思ひ出されない筈《はず》はなかつた。しかし、弱り切つた心の中にその時分最も強く感じてゐたことは一人の他人の温かい親切な心であつたのだらう、肉親も及ばない優しい心と手を彼はきつと神よりも尊く近いものとして頼つてゐたのであらう。

最後が来た時、やつぱり私と彼女が側にゐた。

その夜は妹が泊つてゐたので私は八時頃から少し休んだ。疲れてゐながらもちつとも眠れないで、隣室の病人と妹と話してゐる声が始終耳についてゐた。その時もう何の苦痛もなく大変安んじたやうな声だつた。それで私も心が落ちついて眠るとなく十五分か二十分ぐらゐ眠つたかも知れなかつた。看護婦の静かな声が枕もとに聞えて私は忽ちはつきりと覚めた。

「奥様、およびになつていらつしやいます。」

「ありがとう。」

私は直ぐ起きて長い綿入羽織をひつかけて隣室へ這入《はい》つた。病人は手水《ちようず》に起きて燈火の方に向いて椅子に腰掛けてゐた。

丈夫だつた時分の通りに電燈が机の上に在つた。毎晩看護婦がその電燈の上にかける紺羽二重のふろしきは側の小机の雑誌の上に載せてあつて、割合に部屋は明るかつた。

　私は病人の後方の暗いところに座つて、

「おくるしいの？」と聞いた。

「すこし骨が折れた。眠つてるところを起して済まないね………もう寝るよ。」

　病人は後向のまゝでさう云つた。

　看護婦と私とで病人の両手を支えて床の上まで導いた。彼女は直ぐに椅子を片づけに出た。私は病人の後から抱いた儘《まま》で静かに床の上に座らせようとした。

「たすからないなあ……」彼は大きい溜息をして、さも助からないといふやうに、丈夫な時の彼のやうな元気な声を出して云つた。

「水をあがりますか？」私は小机の上の氷と葡萄液に眼を注ぎながら、静かにそうつと彼を座らせた。

「水をあがりますか？」もう一度きいたが、病人は何も云はなかつた。たゞ大きな息を二つばかりして静かに私に寄りかゝつた。私はまだ知らなかつた。それでもなんとなく不安に思つて、

「山中さん、水を……」と云つた。

看護婦は此方《こちら》を見ると無上に周章《あわ》て、、大急ぎで水をひと匙《さじ》病人の口に入れた。水は明らかに飲み下された。

同時に病人の首が重く私の胸に倒れか、つた。

「あ、旦那様……」

看護婦は両手に酸素の機械を引寄せた。

私は始めて其時が来たことをはつきりと知つた。

「あなた。」私は顔を寄せたが、夫は重く眠つてゐた。

「坊ちやま……お嬢さま……お早くいらしつて下さい、お早く……」看護婦は大声で今しがた床に入つた人たちを呼んだ。

私も大声で茶の間の妹を呼んだ。彼等は夢中に駆けて来た。それでも彼等が見たものはもう父でもなく兄でもなかつた。あたらしい仏は私の胸に寄つた儘しづかな眠りを眠つてゐた。

私はその夜を思ふと泣きたくなる。涙の中に歓びもある。強いえにしがあればこそ其最後の夜に私が其処にゐて、私の胸が夫の最後の寄りかゝり場となつたのだらう。最後のくるしみの中にどんなに彼は心安く思つたらう。それでも私どもは顔を見なかつた。

私は顔が見せたかつた。二十年の月日をいつしよに生きて来た此世にたつた一人の私の顔を。

親切な人たちの心づくしに依つて葬式が出された翌日であつた。北の国にゐた夫の友人S氏が私に会ひに来た。知らせを聞いて直ぐ出て来たのだつたけれど、間に合なかつた残念さをS氏は悲しんでゐた。

夫といつしよに長いあいだ一つところで仕事をしてゐた此人の顔を見てゐるうちに、私の頭の中に長い月日の事が繰り返されて、始めて此人に会つた時分が思ひ出された。その時S氏はまだ頰の色の美しい青年であつた、私の夫もやつぱり若かつた、私も若かつたのだ。しみじみと仏のために悲しんでくれる此人の前で私は止め度なく涙が出て押へられなかつた。

「去年の秋、この病気の始めのうちに死なせたら、あんな苦しみはしなかつたでせうに。私と医者とで無理に取り止めて置いて苦しませたやうな気がします。それが気の毒でたまりません。」といふやうな無理な愚痴を云つて私は泣いた。一人の紳士の前で私が泣いたのは生れてから此時が始めてであつた。

S氏はほんとうに困つてゐた。其処へ伊豆の湯治から帰つて来た友人T氏が来てくれた。高等学校時代からの友人であつた。T氏は伊豆山のなま椎茸を美しい籠に入れて持つて来て仏前に供へ、そして詩を手向けてくれた。T氏は詩人でもあつた。S氏と私とで其詩を見てゐるうちに漸《ようや》く私の涙が止まつて来た。玄関へM氏が来たと云つて下女が取り次いで来た。私はちよつとの間断つて客間を出て行つた。

「やあ。」M氏は相変らず大きな声を出した。

「きのふ青山にお見えなさらなかつたから、お悪いのだらうと思つて心配してゐました。起きていらつしやれるのなら、よかつた。」

きのふ私は青山の葬式に行かずに、墓地だけへこつそり行つて帰つて来たのだつた。

「ありがと。青山に入らしつて下すつたの？　ほんとにありがとう。」私は二つの礼を並べて云つて首を下げた。

M氏は私の無事な日の友達であつた。いつでも快活な此人も今日は寂しい顔をしてゐた。顔を見合せてゐるうちに私は自分の過去が一片の紙のやうに自分から引き離されて行くのを感じた。

「それでは又……御機嫌よう。」さう云つて此人が玄関を出て行く時私は堪へがたい寂しさを感じた。死んだ人が彼岸に一人で立つやうな寂しさを。死といふものを眼前に見ながら、そして自分も死んだ者のやうに思ひながら、やつぱり生きてゐた私の執着心はどうしても過去に別れたくなかつた。自分ひとりを残して、凡《すべ》ての過去のよい日の青い空と楽しい笑声までも死者の墓に埋めてしまふ事は私には堪へがたい寂しさであつた。ほんとにそれは死ぬ時のやうな寂しさ。

M氏の背の高い後姿を見て私は暫《しば》らく立つてゐた。春雨が門のそばの大きな欅《けやき》の枝からこまかい雫《しづく》をふり落して彼の傘を濡した。M氏は例の通りいそぎ足で出て行つた。私は今日彼が来てくれたことを過去のどの日に来てくれた時よりも感謝した、そして今日の彼の心持をいつの日の厚意よりも悦《よろこ》んだ。

足音がもう疾《と》うに消えてしまつてM氏が細い横町を曲がつてしまつた時分まで私は立つて門の前の濡れた路を見てゐた。ふいと私の頭に一つの疑問が浮いた。

それは死の前に泣いてうづくまつてゐる女が突然立ち上がつて疑はしさうに死の前に投げた疑問であつた。「私は又笑ふことがあるかしら？　私に又笑へる時が来ますか？」

緊張してゐた私の心に不思議にも未来に対する疑ひと祈りが鳥影のやうに来たのであつた。ほんの僅《わず》かの時間でも私は客間の客を忘れてしまつた。

すこし日数が立つて痛ましさが和らいで来ると、私は線香の烟《けむり》の充ちた部屋に座つて静かに仏の寝顔を考へることが出来た。

それは何よりもかなしい楽しみであつた。あの安らかな寝顔の中からどうかして私の信仰と覚悟を求めやうと、たゞそれを私の日課にしてゐた。

それでも静かな雨の降る晩はともすれば私の心が染井の土の中に走つた。土がどんなに濡れてゐるだらう、木の葉の雨の音がどんなに寂しからうと考へ出すと、十畳のうす暗い室に黙つて座つてゐる自分の身が、自分の生きてゐる身が恨めしくなつて来た。さうなると私は忽ち神も仏も家も子もみんな忘れてしまつた。寂しいでせう、寂しいでせう、寂しければ私を迎へに来て下さい。私は幾度となく小さい鈴を鳴して仏の前に顫へてゐた、線香の白いさびしい香りが私の髪の香になつてしまふまで。

ちやうど其時分のさびしい日の午後、私はぼんやりした顔をして夫の残した古机に倚《よ》つて手紙を書いてゐると、すこしのあひだ夫の運転手をしてゐた青年が別れをいひに来た。彼はもう此家に用のない人となつたのであつた。普通の世間の家にしては家を売つたり自動車をなくしたりすることは大きな悲しみであらうけれど、今この家はそんな事を悲しみの数にも入れないほどにくら闇の底に落ちてゐた。にぶり切つた私の神経では針にさゝれる痛さを痛さにはしないで、それでさへも一つの変つた珍らしい事こゝろよい新しい刺戟と思つて悦んだかも知れなかつた。そのくらゐに私は疲れてゐた。

青年は庭から入つて来て、静かに縁に腰かけて烟草《たばこ》をのみながら、私の手紙の終るのを待つてゐた。彼はかなり気の長い男であつた。だから私もゆつくり手紙を書いてゐた。

「子供はどうして？」と私はきいて見た。

「は、丈夫で、悪戯《いたずら》ばかりしてをります。」父親らしい誇を以て彼が云つた。実際いま彼の頭をいちばん余計になやましてゐるのは彼の一人の子供であつた。

彼の愛した妻は此春一月ごろ子供を残して死んでしまつた。妻は十七の少女で彼の家に来て二十一になつたばかしで死んでしまつたのだつた。孤独のかなしみを学んだのは此男の方が私よりも二タ月ほど早かつた。

此前に会つた時私はきいて見た。

「なくなつた時と今と少しは気持がちがつて？　どんな気持がして？」

さうすると彼はつゝましく首を下げて

「は。その時には私はとても生きてゐられないやうに思ひましてございますが、やつぱり時が立ちますと少しづゝ違つてまゐります。もう此頃ではよほど宜しくなつてまゐりました。どうにか斯《こ》うやって生きてまゐれますかと存じます。……奥様もきっとだんだんにおよろしくおなりになりませう。」

彼は自分の学んだことを真面目に親切に私に教へてくれた。

「さう？　それぢやあたしも月日の立つのを待ちませう。」さう云ひながらも私は堪へがたく寂しく感じた。「およろしくおなりになる」と彼が云つたその「およろしさ」が私にも来るといふことが、悲しみの闇の中の私の耳には一つの恐ろしい予言であつた。その「およろしく」なる前に死ぬ方が私には快く思はれた。生きてゐて叛逆者になることは私には単なるさびしさとかなしさよりも最つと寂しく悲しく思はれたから。

それでも此正直な青年が親切に教へてくれた通り、今日の私は最うすでに其苦痛の十分の一ほどは通り越して、それだけおよろしくなつて来てゐた。

彼は新しい主人を探す前に一寸故郷へ行つて妻の百ケ日をして来ると云つてゐた。先達ても叔母が死んだとかで国へ行つたのださうだ。叔母の葬式に行く前にちやうど通り路なので先づ妻の墓に参つたさうだ。すると其処で彼は大きな蛇を見た。その蛇はまつすぐにのびのびと墓の前に横たはつてゐて彼の顔を見た。彼はその蛇の顔を見てはつと思つた。子供の時分から読んだり聞いたりした色々な蛇の伝説が彼の頭に浮いて、この蛇がたゞの蛇ではなく正しく自分の妻であると思はれた。さう思ふと、蛇は首を上げてまだじいつと彼を見てゐた。自分の来ることを知つて会ひに出て来たのだなと彼は思つた。

彼は真直ぐに立つてこの日向の蛇を見下してゐた。さうすると蛇はすうつと首を返して墓の横から草を分けて後の藪へ入つて行つた。さゝ藪の草を尾で打ち鳴らす音が何時までも麦笛よりもほそくピユウピユウと聞えてゐた。

あの藪にゐる蛇かしら、それとも、それとも……？　彼は考へながら叔母の葬式に行つた。葬式の中に在つても彼はやつぱし藪の前の墓と蛇のことばかし考へてゐた。もう一度行つて見てから帰らうと思つたので、まだ式が済み切らないうちに車に乗つて飛び出して最う一遍彼の妻の墓へ来た。垣の外からそうつと見ると、やつぱり其処にゐた。前の通りの姿で、そして首を上げて彼を見た。どうしてもさうだと彼は信じてしまつた。藪へ帰るかと思つたが、中々動かない、彼は暫時立つて待つてゐて、待ちながらも自分の愛と信を墓に誓つた。時計を出して見ると、最う四時五十分の汽車に遅れさうであつた。

彼は墓と蛇とに別れて寺の掃除番の爺さんに会ひに行つた。

爺さんは椿の花の散らばつてる坂の下の方で草取りをしてゐた。彼は紙幣を出して爺さんにやつて、自分は遠いところにゐる者だから、墓場の人は寂しいだらう、どうぞどうぞよく気をつけてやつて下さいと頼んで、漸くのことで其汽車に間に合つて帰つて来たと云つた。

彼は極くゆつくりとそして熱心にちやうど蛇を見てゐるやうな眼つきをして此話をきかせた。

「そんなに一生懸命に亡くなつた人の事を考へてゐるのに、蛇になる筈はないでせう、それはやつぱし只の蛇よ。」と私は云つたが、

「いえ、しかし、朝見ました時が十時五十分で、夕方が四時半ぐらゐでございましたから、その長いあひだ只の蛇が其処にをる筈はございません。」と彼ははつきり答へた。痛ましさと羨ましさとに充ちた心で私は彼の顔を見た。

「い丶ことね、あたしの処へは蛇も来やしない。蛇だつて、鴉《からす》だつて何だつていゝ、其処へ来てくれたと感じさへすればい丶んですね。」

さう云つて私は青い空を見た。空はほんとうに四月の和らかい空になつてゐた。限りない若芽が庭ぢゆうに動いて、日の光が其中に充ちてゐた。私も探したらば、蛇でなくとも鴉でなくとも、夫の愛の形を何処かに見いだすことが出来たのかも知れなかつた。寂しさと疲れで私には何も見えなかつた。たゞ春の光の中にひとりであるといふことのみが見えてゐた。

「それでは、奥様もどうぞおからだを御大切に……」彼はさう云つて腰をかゞめた。そしてつゝましく芝を踏んで庭から出て行つた。渡鳥のやうな心の軽い群の中の一人のためにも私の心はその将来の幸福を祈つてやつた。

ふいと其時この男の先達ての言葉が私の心に生き返つた。「だんだんに生きて行かれる……」と彼は云つたのだつた。

あゝ未来！　あの男の予言が真理とはならないやうに、真理とならないやうに。私は温かい春日の中に誰に頼むともなくさう云つて祈つた。

「あまりにもよりどころなきはかなさに枕になづみ泣かれぬるかな

「花ぐもる此くもり日をみはかべの花たえまなく散りてあるらむ

「ありし日によからぬ妻の我なりしそれさへけふは忘れはてつる

九州のI夫人から親切な手紙が来たので、私は返事の中にこんな歌を書いて見た。そして書いたあとで、自分がかなしみの中で歌をよむ余裕が出来て来たことを奇蹟のやうにも思つて寂しい心持になつた。

ひるまは私は落ちついた気持で仏のことを人とも談《はな》しあふことが出来た。

しかし毎朝めが覚める時がつらい。夫は朝が早くつて何時でもねぼうの私を起してくれた。この頃はもう誰も私を呼び起す人の声がない、私は一人で枕に顔をつけながらじいつと庭の雀のひそひそ声を聞いてゐる。何といふ静かさだらう、それは長い夢が覚めて現世にとり残されたさびしさである。

私は毎朝それをくり返して床の中にじいつとして泣きもせず祈りもしないで雀の声を待つてゐる。ある時はそれが雨の音に代つてゐることもある。斯《こ》んなにも朝はさびしいものか。あまりによく覚めはてた朝、ある時は枕に浸みた自分の髪の香水の香がふいと私を動かすこともある。それはあまりに現在と切り離された過去のうつり香のやうな感じがする、そして凡てが変つた世にまだ私といふものが今までどほりに生きてゐるやうな感じもする。その痛ましい寂しい香りはシクラメンの花の香である。長い習慣は性となつてやつぱり今でも私はそれを髪につけてゐる。それは私が過去を愛するためか、それとも自分自身を愛するためか、それも分からない。たゞ私が枕に顔をつけて大きな眼をあいて其寂しいはかない香水のにほひを吸ふ時、生きてゐる自分の身がこと更にさびしく感じられる。さういふ時夫が私の側に近く来てゐるやうにも思はれる。何か私に口をきゝたいのではないかと思はれる。私はなんにも云はずに眼をあいて、生きてゐるのは、寂しい、生きてゐるのは寂しい、と何処ともなく誰にともなく、たゞ自分ひとりに云つてゐる。朝がこんなにも寂しいものとは誰が知らう。

五月の月が終つて庭中の青葉は次第に暗く茂つて来た。ある日O氏からはがきが来た。

「ひさしく御無沙汰しました、御機嫌はいかが。昨夜はあんまりいゝ月なので斯んなことを書きつけました。

しみじみとあふげど

すべなし、あまりにはるけし

をさなごのなみだ流れぬ

月のむなしく高ければ

今夜の月もまるで「空想」のやうにきれいです……」とあつた。

O氏は空想を愛する人だと噂にきいてゐた。私はまだ一遍しか会つたことのない人であつたが、ほんとうに空想家らしいと思つた。

「おはがきをありがとう。昨夜の月はほんとうに綺麗でした。私にはそれがなくなつた人の微笑のやうに寂しく見えました。あの月の中に私は更けるまでうらの畑を歩いてゐました。夜がふけて夜つゆが秋のやうでした……」最《も》つと何か書かうと思つて考へてゐると、自分の出たらめがいやになつて来た。ちつとも出たらめではない、本当に自分は昨夜の月にうらの畑を歩いてゐたと弁解して見たけれど、やつぱり私の手紙はそれほど本当のことではなかつた。私の心は最つとずうつと外の事を考へてゐたのだから。

ゆうべ私はどうしたのかあの清い月を見ながら、今までの空想が覚めてしまつたのであつた。どうしてだか分からなかつたけれど、たゞ月が白くつめたく遠く見えた。そして今まで自分を見守つてゐると思つてゐた夫がその月の光の下で塵《ちり》になりつゝあるのを感じた。どうしてか私の孤独の身の上がはつきりと見えたやうであつた。家の周囲の高い樹が黒く月に立つてゐるのを見て、私ひとりのために樹があまりに多過ぎるのを感じた。畑の草と唐もろこしの葉が月に光つてゐるのを見て、畑が私のために広すぎるのを感じた、そして家の屋根が私のためにあまりに重く寂しく光つてゐた。その時月がひどく冷たく、私の大事なほとけがその月の下で塵に朽ちてゆくのを感じた。私がまつたくひとりだと感じた時に絶望の底に一種のあきらめだか誇だかを覚えた。夫は最うほんとに死んでしまつた、私に守られて死んでしまつた。私はほんとにひとりだ。ひとりで生きてそれから死ぬ。あの草の中の虫のやうに、死ぬ時が来て静かに死ぬ。誰も知らないでも仕方がない、それが女の生きて行き死んでいく道だ。そんなことを考へて私はひどく寂しく強くさへなつて、まるで芝居の中の女のやうに強くなつて暫らく月の中を歩いてゐた。

星が大変遠くで光つてゐた。それを見ると夫の在世中の友人たちが私を見ていたはり悲しんでゐるやうな気がした。過去の遠さと現在の寂しさがまた心に帰つて来た。私は黙つて立ち止つて仙界からおちた仙女が星と月とを見た時の遠さを味つた。私はまた前の通りにすつかり弱くなつてよごれたしをり戸に倚つて、それがひとりの人間であるやうにその固い戸につかまつた。其処に戸があつたことが幸であつた。垣根のばらと畑のいんぎんの蔓《つる》とが長くもつれて私の狂態をかくして呉《く》れた。

夜つゆのしめりの中に山梔《くちなし》のやさしい甘いにほひが強く匂つて来た。さうすると私の眼に涙が出て来て、心が急に落ちついて来た。何となしにその花が私に物を云つてくれたやうに思はれて、また凡ての物に頼もしさを感じて内に入つて来たのだつた。

私が今日書いたはがきはそれとはあんまり離れた感じであつた。それでも私はやつぱりO氏が期待するやうな返事しか書けなかつた。O氏は私について何も知らない、たゞ高い樹の蔭にかくれてゐる寂しい一人の寡婦である私しか知らない。私もまた彼について何も知らない。たゞ遠い他国の道を行く一人の詩人としか知つてゐない。私どもの手紙がうす色の微笑の手紙でもそれは仕方がない。形式の世界で私どもはこんな手紙を書いてゐる。人の求めるものを人に与へ、求められないものは自分の心に持つてゐるよりほかに仕方がない。O氏もきつと私の形式がゝつた手紙を見て、見ないよりは悦ぶに違ひない。そんな事を考へながら其はがきを出した。出した後に私は自分の心がひどく老いて来たことを感じた。

この春から夏のあひだに私はずゐぶん年をとつた。百とか二百とかいふ大古の人の年齢がやつぱり私の年齢になつてくるのかと思ふと、女の身に取つてそれはしみじみ悲しいことだと思ふ。私はもうほんとに二百五十ぐらゐの年になつたのかもしれない。

午後がよく晴れたので近所にゐるHに短かい手紙を書いた。

「いちごの大変いゝのが来ました。あがりに入らしつて下さい。」

Hはふだん着のまゝで直《す》ぐ来てくれた。美しい顔が少しやつれて、やがて人の母となる日の来ることを見せてゐた。

Hは若い聡明な人である。ソロモンに愛されたシバの女王の賢こさと五つの幼児の無邪気さを合せたやうな明るい心の人だ。私の眼のまばたきも彼女には一つの通信であつた。

窓の外の青葉がうすい青みを私どもの顔に映してゐた。私はぼんやりと葉の動くのを見て、

「今日は大阪から人が来るかと思つたら、来ないのよ。それから、東京からも来るか

と思つたら、やつぱり来ないのよ。」さびしい気持が私の声に溢《あふ》れてゐた。

「おや！」Hは苺《いちご》をすくひ上げた匙《さじ》を止めて上目に私の顔を見た。「どをりか此いちごは変な味がしてよ。」

「あら、御めんなさい。お友達がひに、まあ上つて頂戴な。」さう云つて私は一生懸命に皿の苺をつぶしてゐた。一粒一粒に力をこめて、そしてむやみに人に縋《すが》らうとする、むやみに人に会ひたがる意気地のない心を押しつぶさうとしてゐた。皿の苺がつぶれ切つて赤い甘い汁となつた後も私の心はどうにもならなく弱々しく、そして痛かつた。

「大変けつこうよ。」暫くしてからHが匙を措《お》いた。

二人はくすくす笑ひ出して、私の心に平和が来た。

自分の弱さを知ることは幸福かも知れないが、人がそれを知つてくれて其人自身の心のやうにその愚かな弱い心をそうつと包んでくれることは本当に幸福だ。神が私を愛して下すつて、かなしみの日に此友を私の近くによこして下すつたことは嬉しいことだ。私はもうそんなに寂しがつて客を待たないでも此人ひとりが来てくれれば、それを神のめぐみと思はう。二人の女は長いあひだ風に吹かれて何も云はずにゐた。

「飛行機がまゐりました。」

茶の間から若い女中が教へに来てくれた。

私どもは芝の庭に下りて見た。とうとうやつて来た。手に取るばかし近く羅馬《ローマ》の勇士は私どもの上の空を飛び過ぎた。

始めて虹を見た時のやうに、始めて鳥を見た人のやうに、私どもは何時までも空を見て心が躍つてゐた。部屋に帰つてから歌を作らうと思つたけれど歌は出来なかつた。ふいとO氏の今朝のはがきの詩を考へ出して、

羅馬のそらの鳥
わがうへに飛びきたる。
めぐしつばさ
あをぐもに羽うつ。
はねの音天にみなぎり
おもきわが心を騒がしむ。
地の上の此をみな
あふぎ見て
しばし脱ぐすみぞめの

あさごろも。

フエラリンよ*……

…………………

その「フエラリンよ」といふ処で私はつまつてしまつた。私はほんとうに心から赤面して、此愚かしい詩を見つめた。此詩よりも私の心は最つと愚かしかつた。なぜフエラリンといふ名を呼んだか、自分でもよくは分からなかつたが、それは多分昨日あたりの新聞で見たフエラリンの眼がもう一人の人の眼より詩的だと思つたのかも知れない。

あんまり自分の心の浅ましさに私は黙つて仏壇の前に座つて香の烟《けむり》を見てゐた。

「ほとけ様、もう私は飛行機の詩をつくるほどに浮気な心になりました。どうしたらい丶でせう?」

いつまでも其処にゐるうちに、香の静かなにほひが私に自分の生きてる姿をはつきりと見せてくれた。

「私は生きてゐるのでしたか、死んだのではないのでしたか? あなただけが死んだのでしたか? どうしたらい丶でせう。」

ほとけの静かな顔の前に、醜くくも根づよくも自分の生命に縋りついてる自分を見出した時、あさましさが全身に溢れて涙が衝いて出て来た。

生きてゐる、まだ生きてゐる、さう云つて私はいつまでも泣いてゐた。泣き疲れた時に休息が来た。

もう線香が灰となつて、ぼんやりとしてゐた私の心に夫のいつくしみの微笑が和らかく映つた。

「生きておいで、お前は生きておいで、わたしの代りにも生きてゐておくれ、わたしは待つてゐる。」

さういふ物静かな声が心の底の方で聞えた。かなしみと羞恥と歓びの中に私は身ひとつの生命が重く感ぜられた。夕方の風の中で私は静かに念じた。

「ほとけ様、どうぞ見てゐて下さい。」

＊アルトゥーロ・フェラーリンはイタリア人のパイロット。一九二〇年にローマ—東京間を飛行し話題になった。

いちごの花、松山の話など

風立ちてまだ春わかきわが庭にいちごは白き花もちてゐる
つる伸びていちごは花をもちそめぬ蓬《よもぎ》にまじる赤きそのつる

昭和十九年春、私は殆《ほとん》ど一生といつてもよいほど長く住み馴れた大森の家を引払つて、浜田山に疎開しようとしてゐた。いちごの花を見ても名残惜しく、何時またこの家に帰つて来られるかと夢想もできない未来に心を走らせてみたりした。

井の頭線浜田山はむさし野の野はらにつながる農村であつたが、今はもう村といふ字はつかないで、杉並区下高井戸といふ町でもない村でもない呼び名であつた。若い絵かきさんが建てたアトリエ風の小家を求めて、遠くにふるさとを持たない私はここに自分一人の家をもつことにして、麦の黄ろい六月越して来たのであつた。

人げとほき野の風物に交りゐて生き残らばとわれは恐るる

浜田山は一つの山もない、ただ所どころに松や椎や樫など空にそびえて繁り、いかにも山と呼びたい土地である。昔、ここに浜田弥兵衛といふ長者の家があった。浜田氏はちよんまげ帯刀の姿で洋行しわが国貿易の道を開いた名士であつたから、その人の家敷あとを浜田山といつたままに、この辺全部がその呼び名になつたといふ話だつた。家跡はすばらしい松の山で野芝が青くひろがり、私の越して来た時分には、ひる顔の花ももう咲いてゐた。きうり、トマト、なす、ほうれん草と畑の物は豊かに手に入つたので、大森や千束の人たちにも分けてやることが出来て嬉しかつた。

翌年三四月ごろから戦争が激しくなり、井の頭線の青々した傾斜面や田圃《たんぼ》の隅などにも火の降ることがたびたびとなり、私たちは都内のどの方面にもまけずいろんな労働をやらされた。冬から春にかけて何度も雪が降つたので、家庭の主婦たちはシヤベルを持つて広い水道路の雪かきをさせられた。人並に私もシヤベルをもち門前や庭などの雪をかいた。冷たかつたせゐか、その頃の歌は一つも見えない。過去はすべて悪夢のやうに過ぎて遠いものとなつたが、ただ現実に残るのは、一人の男の子を死なせ、大森の家が取り払はれて帰る家がなくなつたことである。しかしこの小家でも、あることは幸福であつた。よもぎなどを松山の根もとから探して来て垣根のすそにうゑて、大森の庭隅に茂つたよもぎの香をかぐやうな気分にもなれた。

越して来て六年になる今年、程近い大宮八幡におまゐりして花を見た。生きて健康なうちに花を見たいと思つたのであらうか、その日は曇つてゐた。

大宮のうらの杉山鳥とびぬ一もと桜白く散りつつ
しろじろと柳の芽ぶく径《みち》に出づれば向うの丘の花は疲れたり

時々の歌を日記の代りに詠んで置きたいと思つてはゐても、その日その日が忙しい。

一枚の紙幣を持ちてけふを過ぎ心しぼみぬ吾をわらふわれや

五月　世界の青春

ばらの花五つ

むかし私はたいそう暇の多い人間だつた。どうしてそんなに暇があつたのかと考へてみると、しなければならないもろもろの仕事をしなかつたせゐだらうと思はれる。さういふなまけものの人間が時たま忙しいことがあると、すぐ草臥《くたび》れてしまつて、くたびれた時には散歩をした。

さて、ある時の散歩に私の家からあまり遠くない馬込の丘をのぼつたり降りたりして歩いた。馬込九十九谷とか言つて、丘と谷がいくつも連なり、どの丘もどの谷もみんながそれぞれ違つた光と色を見せて、散歩するにはたのしい道であつた。その日私が歩いてゐたのは、今は小学校が建つてゐるその辺の谷から広い丘にのぼる小みちを少し左にまがつて東南に向いた傾斜面であつた。その辺は殆《ほと》んどみんな畑で、ごくたまに小さい別荘風の小家が見えたが、私がちよつと足をとめたのは、そのひろい斜面を庭にして（もと畑であつた土地ゆゑ、まだ樹は一本もみえなかつたが）ばら園をはじめるらしく、ばらの大きな株がいくつか植ゑられ、小さい株はごしやごしやとその辺いつぱいに見えた。ちやうど六月の初めで、大きな株にはたくさん花が咲いて咲きすぎる位だつた。

その新ばら園の主人らしい人がその辺を掃除してゐたが、まだ四十ぐらゐの、背の高い清らかな風采の紳士みたいな人で、身なりはばら園のおやぢらしい恰好をしてゐたが、それはまだ借りものらしい姿に見えた。垣根もない路ばたに立つてゐた私はその主人と眼を見合せたので、かるくお辞儀をして、たいそう好《い》いお花でございますねと、素人に対するやうなことを言つた。主人はすこしはにかんだやうに、いや、まだ始めたばかりで、あまり好い花は咲きませんと謙遜した。私は通りすぎようとしてももう一度言つた。そのお花をすこし分けていただけますかしら？　どうぞ。いくつ位さし上げませうか？　五つ位、どうぞ、と言つた。主人は腰の鋏《はさみ》をとつて花をきらうとして、すこし躊躇《ちゆうちよ》するやうに言つた。これは、お代をいただいて、よろしいでせうか？　はあ、けつこうでございます、どうぞ、と私も赤くなった。のんきらしい顔をしてゐても、その大輪のばらの花を五つ、ただ無心する気はないのであつたが、新しいばら園の主人は代を取るといふことがたいそう骨の折れるむづかしい仕事らしく、それでは、一輪八銭づつ頂きますと言つて、花をきり始めた。さて五十銭銀貨を出すと、おつりをと、彼はポケットに手を入れたが、いいえ、おつりは、もうけつこうでと私が止めたので、それでは花をもう一つと言つて、彼は咲きかけたつぼみを二つきつて出した。なんと、その可愛いもも色のつぼみが二つで十銭也のおつりであつた。私はその二つのつぼみを貰つたことが嬉しいやうな悲しいやうな気持で歩き出した。

あとで聞いた噂では、そのばら屋さんは、東海道すぢの或る県のお役人で、知事さんのつぎ位な地位にゐた人であつたが、あるとき世間を騒がした疑獄事件で部下のためにわざはひされて退官し、世間から隠れてこの丘に引越して来たのだといふこと、これは誰もたしかに聞いた話ではなかつた。秋咲きのばらの咲く時分に私はまたその辺の畑みちを歩いてみたが、その日は植木屋らしい若い男が働いてゐて、主人は見えなかつた。それから二年ばかり過ぎて、この人は青天白日の身になつて又もとの世界に花々しく帰つて行き、馬込の畑は別の人の家となつた。その後二十何年か経つて、たぶん、戦争中にその人は亡くなつたやうであつた。

終戦以来、戦争の恐れだけはなくなつても、せまい入物の中で攪《か》き廻されてゐるやうな私たちは、みんながどん底に堕ちて、但《ただ》し反対にのし上がつた人もすこしはあるけれど、大ていの人は生活のために何かしら仕事をしなければ、生きてゆかれない状態に押しつけられてしまつた。その中の一人である私も、何か働きたい、何か仕事を持ちたいと願つてゐたが、求めもとめてゐる人には何かしら思ひがけない道が開かれるやうに思ふ。私はたえて久しく忘れてゐた丘の上のばら屋さんをまた思ひ出した。ばらの花をきり、つぼみを一つきり二つきり、小さい利益と小さい損失を積みかさね、積みかさね、自分の新しい仕事を育ててゆかなければと、この頃しみじみ思ふやうになつた。お花やお茶の先生も、洋裁も、玉子を売ることも愉しいだらう。洗濯婦になることも勇ましく気持が好いだらう。何かしら仕事をして、人におんぶしない生活をしてゆきたい。そして何よりも先《ま》づ私たちの詠歎を捨てて行かう。しかし考へてみると、この短文が全部一つの詠歎であるかも知れない。もし、さうだとしたら、ごめんなさい。

子供の言葉

五月五日「こどもの日」の新聞に「子供からドロ棒へ」といふ文が出てゐた。

「このごろぼく達の学級会でとり上げた問題ですが、いくら討議しても先生にお願いしてもムダなので、世の中の人、特にドロ棒する人に訴へたいと思ひます、それは最近一ケ月ぐらいの間にぼく達の学校のプールの廻りの排水ミゾの鉄フタが全部の三分の一ぐらい盗まれました、このままでは夏にはみんな盗まれてしまいます、一番楽しみな水泳もできなくなるのではないかと心配です。宿直の先生は夜もねずに巡視しているそうです、ドロ棒も二度捕えたそうですが被害はあとを絶ちません。

「こどもの日」を迎へて、お金をかけて色々なことをしていただくよりも、日本中の人達が子供の物をうばうやうなことを一切やめていただけば、それだけでもぼく達は幸福です、大人の方は小学校や小学校の物はみんな自分の子供の物であ

ると考へて下さい。ぼく達の学校六百人の子供のお願いです。（港区竹芝小学校六年　〇〇〇）

子供らしい率直な言葉で、世の中の大人のだれが読んでも、どうかその鉄フタが盗まれないやうに、生徒さんたちの楽しみにしてゐる水泳が無事に出来ますやうにと祈らずにはゐられない。しかし、さて、ドロ棒がこの文を読むかどうかといふ段になると、鉄クヅを盗むかれらはおそらくこの文を読まないだらうと考へられる。また聞きで私が聞いたところでは、自由労働者たちが一日二百円あるひは二百五十円位の賃金で道路の掃除をしたり焼跡を片づけたりする、さういふ時にその辺に落ちてゐるクヅ鉄を拾つてこれをクヅ鉄買入れの店に持つてゆけば、一日平均三百円ぐらゐのお金に売れるといふ話である。さうすると一ケ月の賃金と一ケ月の彼等のホマチが同じ位かそれ以上の収入になるとすれば、彼等がいとも熱心に拾ひ集めるのも無理ではない。かういへば自由労働者たちがよその垣根の内の物まで持つてゆくやうに聞えるが、そんな事はない、彼等は潔白である。ただこの敗戦国の民衆の中にかつぱらひを常習とする専門の人たちがゐて、それは学校の庭の鉄フタに限らず、どこの家の物でも人目がない時には遠慮なく持つてゆくので、クヅ鉄屋に売る彼等の荷物は大へんな値になるといふ話も聞いてゐる。彼等もお勝手道具の鍋釜や火ばしまで浚《さら》つて行くのではなく、鉄クヅだけを目あてにしてゐる。毎日売り込まれるその鉄クヅはまた専門の金物会社か工場に売られて新しい金物製品となつて世間にうり出される。新製品が高く売れるから、会社の方ではクヅ鉄の類も高く買ふ、売る方でも高く買つてもらへるから、よその物を失敬してまでも沢山に持ちこむのであらう。そしてさういふ金物製品ばかりでなく、すべての物価がどんどん高くなるから、自然みんなの生活費も足りなくなるわけである。くり返してゐれば、これは何処まで行つてもきりがない。

鉄クヅの泥棒だけで政治を批評するのは無理かもしれないが、政治にあづかる人たちは一片のクヅ鉄のゆくへについても多少の智識は持つてゐて欲しい。落ちたるは拾はずといふ聖《ひじり》の御代は遠いむかしの事で、今は国もまづしく民もまづしく政治もまづしく、宗教も教育もすべて無力である。私たちのためにはどこからも救ひが来ないやうな気がするけれど、救ひは来ると信じよう。私たち一人一人の心の持ち方からでも救ひは来ると信じよう。窮すれば通ずといふ言葉は世の中の人たちが長い経験をかさねて悟り得た常識である。ゆきづまつて、どうにも動かない時に、うごかうとする動かさうとする生命をかけての努力が動かすのである。少し動きまたすこし動き、ぐつと回転した時に行きづまりの現在は回転して過去となり、あたらしい明日が来るのである。

買食ひ

むかし私がまだむすめ時代には、家々の奥さんたちが近所の若い主婦やおよめさんの悪口をいふとき、あの人は買食ひが好きですつてね、毎日のやうに買食ひをしてゐるんですつて！　といふやうなことを言つて、それが女性の最大の悪徳のやうであつた。それが美徳でないことは確かであるが、それでは買はないであまい物は何が食べられたかといふと、到来物の羊かんの古くかたくなつたのとか、それも毎日あるわけではなく、うちで仏さまに供へるおはぎでもつくるか、これはお彼岸と御命日だけにきまつてゐるし、小さい子供たちは昔も今と同じやうに飴玉でもしやぶらされてゐたのだらうから例外だけれど、けつきよく、買食ひをしなければ甘いものは口にはいらなかつた。時たまお菓子を買つて家じうそろつてお茶を飲むとか、隣家のをばさんをお茶に呼ぶとか、さういふのは買食ひの部ではなく、これはパァティみたいなもので、いともかんたんな宴会なのだから、決して買食ひではなかつた。若い主婦が甘い物を買つて、一人あるひは二人さし向ひで食べれば、買食ひをすると見られてゐたのらしい。昔の人は、女性が自分の口にだけ入れるためお金を使ふといふのは非常にだらしがなく無駄づかひのやうに思つてゐたのだが、その後世の中がだんだん忙しく変つて、女のひとがデパートに買物に行つて一人で食堂にはいりおしるこやおすしを食べても、それは買食ひとは思はなくなつた。但《ただ》し昔から東京人が物見遊山やおまゐりに出かければ、帰りにはきっと何処かに寄つておそばかうなぎを食べ、なるべくけんやくしても、くづ餅やおだんご位はたべたのだから、デパートの食堂に入ることも昔のおまゐりと少しはつながりがあつたのかもしれない。大正時代からは中年の女でも一人で銀座のコーヒを飲んで差支へないやうになつた。

戦争が終つて一二年は馬鈴薯とさつまいもがすべての甘味の代りになつて、それを来客に出しても喜んで食べてくれた。今は都内の菓子店がすつかり復興して、ありし日の如く和洋とりどりの菓子を売つてゐるが、これを買ふのは昔のやうに簡単にはゆかない。一個が十円、十五円、二十円、二十五円、三十円、五十円、(特別が百円)とすると、どんなけつこうなお菓子が並べてあつたところで、それを沢山買つて来て、たとへば一週間二週間と昔のひとが喜びさうに何時までも貯へて置くわけにはゆかない。味は変らないにしても、そんな事をすれば一度の菓子代がどの位かさむか、一大事である。

そんなわけで私たちはいま「買食ひ」をやることになつた。その時入用なだけ買つてお茶のつまにし、お客にも出す、明日は明日の事である。家々の主婦たちもお互いの家庭の中のことをかれこれ批評しなくなつて、かれらもみんなそれぞれ買食ひをしてゐるのである。それから農村の人たちは主食を充分すぎるほど食べてゐるから、三食のほかに甘味を必要としないさうである。また買食ひも、田や畑や竹藪の中ではなかなか用が足りないことも確かである。

赤とピンクの世界

農村が町となり、ながめが好く空気もきれいなので、だんだん新しい家が出来て、住む人も多くなつて来た。町のひらけ始めた時分に出来た十軒ばかりの家は、それぞれ屋根の色がちがひ坪数もちがつてゐるが、どの家もみんなみづみづしい生垣で、庭に椿や海棠《かいどう》やぼけ、また木犀《もくせい》や山茶花《さざんか》なぞ植ゑてあり、門前の道は何時もきれいに掃かれてこの辺一帯は裕福なインテリ層のすまひとすぐわかる。その中の一軒に、六十四五のおばあちやんがたつた一人で暮してゐた。

ずうつと前からここにゐる人で、前にはだんなさんも一しよだつたが、それは三四年前に亡くなり、一人の息子さんは結婚してもつと都心に近いところのアパートに暮してゐるといふ噂だつた。おばあちやんは時々は息子の家に遊びに行つて泊つて来るし、息子夫婦も日曜日にあそびに来ることもあつて、よそ目には愉しい静かな暮しと見え、八百屋や魚屋に買物に出かけるおばあちやんはわかい主婦たちに負けず元気であつた。或る日そのおばあちやんがゐなくなつてしまつた。近所の人たちもはじめ三四日は知らなかつた。となりの家では息子さんの所へ泊りに行つてるのだらう位に思つてゐたが、それきり帰つて来ず、窓も玄関も閉つたまま一週間になつた時、そこへ古いお友達だといふこれも隠居らしい人が訪ねて来て、隣家の奥さんと話をした。ひさしぶりで来たのにと残念がつて、それでは息子さんのアパートへ寄つてみませうと言つて帰つて行つた。その人のおかげでおばあちやんの不在がわかつて、息子さんはすぐ親類や知合の人たちに連絡してみたが、どこにもゐず、このごろ久しく会はないとみんなが言つた。おばあちやんの家はきれいに片づいて、食器は戸棚に、着物はたたんで乱ればこに入れてあり、どこへ出かけると書き残した紙きれもなかつた。やがて警察の手を借りて、親類も昔の出入りの人たちも総動員で東京じう探し廻つた。もしや途中で脳溢血になりどこかの病院にゐるのではないか、もしや急に気が変になつて近県の田舎にでも行つて迷子になつてゐるのではないか、彼等はありとあらゆる推理をはたらかして、別にあてどもなく探してみたが、彼女はどこにもゐなかつた。

一月ほど経つて警察から知らせがあつて、両国の方のどこかの井戸に水死人があつたが、着物の様子でもしやと思はれる、来て見るやうにと言はれて、息子と近い身寄の人たちが行つてみると、正しくおばあちやんだつた。彼女はちやんと外出着に着かへて帯のあひだには、家出する少し前に息子から渡された一万六千円の紙幣がちつとも使はれずにちやんとしまつてあつて、遺書も何もないからどういふわけで死んだかも分らないといふ話だつた。葬式もその時世なりに立派に行はれて、おばあちやんは仏さまになり、おばあちやんの家にはその後息子さん夫婦が移つて来て住んでゐる。これは二年前の話である。

ひそひそと近所の人たちの話すことでは、女といふものは、年寄でも若い人でも、たつた一人で暮してゐるとはかない気持になるものだから、おばあちやんも一人で生活することに倦《あ》きて欲も得もなくなり、死にたくなつて死んだのだらうと、まづそれよりほかに考へやうもなかつた。欲も得もなくなるといふ言葉は、疲れきつた時や、ひどく恐ろしい思ひをした時や、あるひはまた、お湯にゆつくりはいつて好い気持になつた時に味はふ感じのやうである。

私は先だつてその家の横の道を通つた折、棕梠《しゆろ》の樹のかげの応接間から、ピアノの音がきこえて来て、奇妙に悲しい気分になつた。あの人がこんなにきれいな家の人でなく、もつと貧乏なもつときうくつな生活をしてゐたら、死ななかつたらうと思つたのである。たとへば、今月はこれこれの金が必要だ、内職のお金がこれだけはいる、竹の子をすれば*いくらいくら手にはいるといふやうに計算を始めたら、その欲につられてそのお金のはいるまでは死ぬ気にはならないだらう。たとへ僅かの物でも手に持つことは愉しい。のんきな気もちで人から貰つた金では自分が苦労して取つた物ほどたのしい味がないやうだ。びんばふといふものには或るたのしさがある、幸福といふ字も当てはまるかもしれない。死んだおばあちやんはびんばふは知らないで死んでしまつた。

むかしむかし、私が女学生の時分、(その時代にもびんばふ人は沢山ゐた)一週間に三度ぐらゐ寄宿舎のまかなひにお料理の手伝ひに行つた。そのまかなひに、一日に三度、朝昼晩と三人の小母《おば》さんが女中代りの手伝ひに来て、御飯をたき水を汲み食器を洗ひ、すつかり片づけて帰つて行つた。まかなひ夫婦もむろんよく働いたが、その手伝ひたちのゐることが一日の仕事をきちんと手際よくかたづけて、彼等は来るたびに各自が小さいお櫃《ひつ》ときりだめを持つて来て、生徒たちの残飯をお櫃に入れ、おさいの残り物をきりだめに入れて帰つてゆく。それが彼等の一日の働きのお礼なのだつた。家にはそれぞれ若夫婦や子供たちがゐて、充分に食べてゆくのは骨であつたが、かうやつて小母さんたちが持ち帰る三度の物は一家の生活に大きなうるほひを与へてゐた。その人たちはみんなが麻布十番のうら街から通つて来た。私は子供ごころに彼等を見て、愉しさうだと思つた。じつさい、たのしく働いてゐたやうである。もう若くない人たちが働く仕事を与へられるのはこの上もない幸福であることを、若い人たちは知らないだらう。亡くなつたおばあちやんは働きをする必要もなかつたけれど、たとへ紙一枚ほどの事でも働かせて上げたかつた。

先だつて或るをぢさんのわかい時分の話をきいた。彼がまだ十八九でラムネの配達をしてゐた時分のこと、あたらしいラムネのびんを配達して、からのびんを取つて来るのださうで、それは牛乳配達にも似てゐるけれど、牛乳のやうに個人の家にもつて行くのでなく、駄菓子屋や氷屋の店に相当の数を問屋から届けるのである。少年であつたをぢさんは毎夕きまつて鮫ヶ橋の道を通る。東京の貧民窟として有名だつた鮫ヶ橋はこの上もなくごたごたと賑やかな所だつた。橋のたもとに大きな酒屋さんがあつて（今もあるだらうと彼は言つてゐた）、夕方になるとその酒屋では店の前に大きな台を出して、味噌を一銭二銭三銭と竹の皮包にして台の上にならべて置く。ちやうどその時分鮫ヶ橋の住人たちは職人も人夫もだれもかれも一日の賃金をもらつて帰つて来る。そしてその店で一日の賃金の中から一銭でも二銭でも勝手に味噌を買つてゆく。三銭以上はちやんと目方をかけて見てから包んでくれたさうだが、一日分のおみそ汁には三銭以上なんて不用の時代であつた。いま、街の店々に十円二十円三十円のピーナッツの袋や乾物の袋が並べてあるのは、その時分の一銭二銭三銭からはじまつた事だらうと彼は言つてゐた。落語に出てくる長屋の連中と大家さんと御隠居の組合が思ひ出される。鮫ヶ橋のかれらの生活は、びんばふはびんばふなりに明るく幸福だつたのだらうと考へてみた。自分たちのびんばふは人のせゐでなく、自分たちの運なのだと思つて、別に腹もたてず、のんきに安住してゐたのである。私は羨むともなく、その昔の彼等をなつかしく思ふ。

かういふ夢の寝言みたいな私の感想をある人が聞いて「あなたはびんばふの本当の味を知らないから、そんな夢を見てゐるのですよ。赤貧洗ふが如しといふその赤貧の本当のびんばふ加減を知つてゐますか？　米もなし、おさいもなし、味噌もなし、炭もなし、むろん一枚の紙幣もなし、竹の子に出す一枚の着物もなし、電燈料が払へないから夜は真暗で寝るし、夏になつても蚊帳《かや》がなし、病気になつても薬が買へないと、ない物づくしの生活を赤貧といふのです。お世辞にもびんばふは愉しいと言へるはずはありません」と彼が言つた。それは正しい。赤貧の境地にはずつと距離のあるびんばふだけを私は知つてゐる。雑誌が買ひたくても来月までは一冊も買はない。或る人にいろいろとお世話になつても何も贈物が買へない。白米の御飯がたべたくても外米をありたけ食べ続ける。庭の椿が枯れかけてゐるけれど今月は植木屋を頼まない。これはたぶん赤でなくピンクいろぐらゐのびんばふなのだらう。このピンク色の世界に住むこともずゐぶん苦しいけれど、びんばふだからいざ死なうといふ気にはなれない。私は欲も得もすつかりは忘れきれない人間だから、懐中になにがしかのお金を持つてゐれば、そのお金のあるあひだは生きてゐるだらう。赤貧となつては、土に投げ出されたお池の鯉のやうに死ぬよりほか仕方があるまい。死ぬといふことは悪い事ではない、人間が多すぎるのだから。生きてゐることも悪い事ではない、生きてゐることをたのしんでゐれば。

*「竹の子をする」とは筍の皮を一枚ずつ剝ぐように持ち物も着物を売り、食いつないでいくこと。

五月と六月

いつの五月か、樹のしげつた丘の上で友人と会食したことがある。その人は長い旅から帰つて来て私ともう一人をよんでくれたのだが、もう一人は、急に家内に病人が出来て、どうしても来られなかつた。で、一人と一人であつたが、彼は非常に好い話手であつた。さういふ時まけずに私もしやべつたやうである。九時すぎその家を出た。その山いつぱいの若葉がわたくしたちの上にかぶさり、曲りくねつた路が真暗だつた。その路で、私は彼と怪談のつゞきの話をした。寒くなつたと彼が云つた。路《みち》のうへの葉がひどくがさ〳〵した、立止つて見あげると、葉のあひだに赤い星が大きく一つあつた。マアルス！　と思つた。

「結局、世間の芸術家なんてもの、生活はみんなでたらめなんですから……」

何の連絡もなく前ぶれもなく彼がいひ出した。意味があるのかないのか、突然だつた。

「そお？　女の生活も、みんな、でたらめなんですよ」

卑下した心か挑戦の気持からか、ふいと私はさう云ひ返した。たぶん戦闘の赤い星が葉の中から私たちをけしかけたのだ。それつきり二人とも無言で非常にのろい足で丘を下りた。下り切つた道をまがると河があつた。

河を渡り、すぐそこにタキシイの大きな家が見いだされた。さやうなら、と云つた。五月、碓氷峠の上を歩いてゐた。山みちの薄日に私たちは影をひいて歩いて行つた。山と谷の木の芽は生れたばかりで黄ろく、がけの笹は枯葉のまゝ湿つぽい風にがさ〳〵して、濃いかすみが空から垂れて、遠くの山はすこしも見えなかつた。向うの山も黄ろかつた。そこは落葉松の山で、一ぽんのほそい道がその低い山をくる〳〵廻つて山の上を通り越してどこかへ行《ゆ》く道と見えた。道だけしろく光つた。きつと、木こりが木を背負つて通る道だらうと思つたが、その時、木こりも誰も通らなかつた。荷馬も、犬も、何も通らなかつた。

「何が通るんでせう、あの道は？」

「なにか通る時もあるんです。人間にしろ、狐にしろ。……道ですから、何かが通りますよ」

さう云はれると忽《たちま》ち私の心が狐になつてその道を東に向つて飛んでいく、と思つた。

道は曇つてゐるところもあつた。曇つてるところは山の木の芽よりずつと暗い。見てゐても何も通らなかつた。

どこからか花びらが吹き流されて来た。たつた五六片、私たちの顔の前をすつと流れて谿《たに》の上に行つた。顔をふり向けて上の山を見たが、一ぽんの花の木も見えず、いちめんの木の芽であつた。

すこし歩き出した時、ふいと谿の中から一羽の鳥が立つた。ぱさ〳〵〳〵と音がして、崖に突きだしてる樹にとまつたが、そこからまた私たちの前をすうつと横ぎり路ばたのぶなの木にばさつとをさまつた。あ、そこ、と思つて見あげると、枝のかげにすこうし羽のさきが見えたやうだつた。そして見えなくなつた。飛んだ音もしなかつた。無数の樹にはほそ〴〵芽と芽が重なり、奥ぶかくその鳥をかくした。何処からか彼は小さなまるい眼を光らして私たちを見てゐるのだらうと思つたが、限りない青さに交つて一つの生物が身ぢかにゐることは嬉しかつた。

何の鳥だつたか、ついよく見なかつた。

円覚寺の寺内に一つの廃寺がある。ある年、私はそこを借りて夏やすみをしたことがあつた。山をかこむ杉の木に霧がかゝり、蝙蝠《こうもり》が寺のらん間に巣くつて雨の昼まごそ〳〵と音をさせることがあつた。

震災で寺がまつたく倒れたと聞いて、翌年の六月、鎌倉のかへりに寄つて見た。門だけ残つてゐた。松嶺院といふ古い札がそのまゝだつた。くづれた材木は片よせられ、樹々は以前のとほりで、梅がしげり白はちすが咲き、うしろの崖が寺ぜんたいに被さるやうに立つてゐた。その崖からうつぎの花がしだれ咲いて、すぐ崖の下に古い井戸があつた。

深くてむかし汲みなやんだことを思ひ出して、そばに行つて覗《のぞ》いて見た。水があるかないか真暗だつた。そこへ来て死ねば、人に見えずに死ねるなと思つた。空想がいろんな事を教へた。落葉のかさなりを踏んで立つてゐると、井戸べりの岩を蜥蜴《とかげ》がすつと走つて行つた。その時はじめて私は薄ぐもりの日光がすこし明るく自分と井戸の上にあるのに気がついた。同時に死んだつて、生きてるのと同じやうにつまらない、と気がついた。その時の私に、死は生と同じやうに平らで、きたなく、無駄に感じられた。そこいらの落葉や花びらと一緒に自分の体を蜥蜴のあそび場にするには、私はまだ少し体裁屋であつたのだらう。そのまゝ山を下りて来た。

六月　壮厳

地山謙

Tが私のために筮竹《ぜいちく》や算木《さんぎ》を買つて来て、自分で易を立てる稽古をするやうすすめてくれたのは、もうずゐぶん古い話であつた。お茶やお花のやうに易のお稽古をするといふのも変な言ひかたであるけれど、初めのうち私はほんとうに熱心にその稽古を続けてゐた。易の理論は何も知らず、内卦《くわ》がどうとか外卦《くわ》がかうだとか予備知識をすこしも持たず、ただ教へられたまま熱心にやつてみた。

そのずつと前から、私は易を信じて事ある時には大森のK先生のお宅に伺つて占断をお願ひしてゐたので、火とか水とか、天や地や風や、雷も沢も山も、さういふ象《かたち》だけはどうにか知つてゐて、おぼつかない素人易者はただもう一心に筮竹を働かしたが、そのうちに筮竹をうごかすことが非常に骨が折れて来て、人に教へられたまま小さい十銭銀貨三つを擲《な》げてその裏面と表面で陰と陽を区別し、六つの銀貨を床《ゆか》に並べてその象《かたち》が現はれるままをしるした。この方が大そうかんたんであつた。

自分自身の身上相談をしたり、他人の迷ふことがあれば、それについて教へを伺ふこともあつて、私のやうなものがめくら滅法に易を立てて見ても、ふしぎに正しい答へが出た。また或るときはどうにも解釈のむづかしい答へもあつた。ある時、自分の一生の卦《け》を伺つてみようと思つたが、何が出るかその答へには好奇心が持てた。若い時から中年までの私の仕事はおもに病気と闘ふことであつたから（自身の病気でなく、良人《おつと》の父の病気、良人の長い病気、義妹の長い病気、義弟の病気、それにともなふ経済上の努力、私はまるで看護婦の仕事をしに嫁に来たのだと、それを一種の誇りにも思つて殆《ほとん》ど一生そんな方面の働きばかりしてゐた。）たぶん私の一生の卦《け》は「地水師《ちすいし》」が出るのではないかと心に占つてゐた時、意外にも答へは「地山謙《ちざんけん》」であつた。私はおもはずあつと驚いて、頭を打たれたやうに感じたのである。

「謙《けん》は亨《とほ》る。君子終り有り吉《きつ》。〇彖伝《たんでん》に曰く、天道は下《くだ》り済《な》して光明。地道は卑《いやし》くして上行す。天道は盈《みつ》るを虧《か》きて謙に益《ま》し、地道は盈るを変へて謙に流《なが》し、鬼神は盈るを害して謙に福《さいはひ》し、人道は盈るを悪《にく》みて謙を好む。謙は尊くして光り、卑《いやし》くして踰《こ》ゆべからず。君子の終りなり。」

謙は即ち謙遜、謙譲の謙《けん》で、へりくだることである。高きに在るはづの艮《ごん》の山が、低きに居るべき坤《こん》の地の下に在るのである。たぶん私は一生のあひだ地の下にうづくまつてゐなければならない。「労謙す、君子終り有り吉」といふのは地山謙の主爻《しゆかう》の言葉である。頭を高く上げることなく、謙遜の心を以て一生うづもれて働らき、無事に平和に死ねるのであると解釈した。何よりも「終り有り吉」といふ言葉は明るい希望をもたせてくれる。何か困るとき何か迷ふ時、私は常に護符《ごふ》のやうに、謙《けん》は亨る謙は亨るとつぶやく、さうすると非常な勇気が出て来てトンネルの路を掘つてゆく工夫のやうに暗い中でもコツコツ、コツコツ働いてゆける。この信仰は迷信ではない、むしろ常識であると思ふが、私のやうにわかい時から夢想をいのちとして来た人間がこの平凡な教訓を一日も忘れずにゐられるのはさいはひである。六十四卦の中でこの「地山謙」だけがどの爻《かう》にも凶が出ず、その代りどの爻《かう》も謙を守つて終りをまつたくするといふ約束を持つてゐる。その堅実な地味な約束が、およそ堅実でない私のための一生の救ひでもあるのだらう。私のためには天もなく火もなく風もないのである。それで満足してゐよう。

その他もろもろ

たぶん五六年前のことと覚えてゐる。私の歌の友だちの栗原潔子《きよこ》さんが小野小町の墓を訪ねる歌を十首ばかりの連作にして、どこかの雑誌に出したことがある。作者が何かの用事で栗橋の近くまで行つたとき、むかし小町が都にも住みきれず落ちぶれきつてみちのくへ行く旅の途中、その辺の路傍に死んでしまつたのを、里びとがそこに葬つたという言伝へがあるのださうで、それは嘘かほんとか、あるひは別人の墓であるかもしれないと断つて、その歌を詠んだのであつた。歌もうつくしかつたが、「小町の墓」に私は深い興味をひかれた。小町は京の貴族の家に生れた貴婦人ではなかつた。みちのくに育つたわかい娘の、たぐひない才色を見出されて采女《うねめ》として都に召され、宮廷に仕へるやうになつた才媛《こう》であつた。采女《うねめ》といへば、後宮の官女、諸国の郡司の女などの才色すぐれたる者を貢せしめたと書いてある。だから彼女は紳士の令嬢であつたのだらう。そして一世に名をうたはれたその美しい人がどんなに疲れやつれて、どんな姿で旅をしたらうなどと考へてみた。乱れた髪を長く垂らし灰色のきものを着て杖をついてゐる小町のさすらひの姿は、何かの画でも見てゐるけれど、お面《めん》のやうな端麗な顔の女性が杖をもつて野原を歩いてゆく時、彼女は何か小さい荷物を持つてゐたかしら、などと考へてみた。

先年の戦争中、私たちみんなの小さい疎開荷物には、紙、櫛、石けん、手拭、肌着、足袋、白米五合、マッチぐらゐな物が入つてゐた。小町が小さい荷物を持つてゐたとしても、櫛、紙、香料の袋、肌着ぐらゐな物しか考へられない。都を出て遠路を歩いてくるうちに、お金をすつかり使ひ果してゐたらうと思はれる。花やかだつた彼女の過去をつつんだ凡《すべ》ての美しい物、歌と社交と恋愛と、その他もろもろの好《い》い物は旅立つ日にみんな捨てたのである。彼女の心はその時もう死んでしまつたに違ひない。そのい、かい、いの他もろもろといふ言葉は近ごろ「二十の扉」*でたびたび聞かされる。

ふるさとのみちのくへ行く途中で死んだ彼女とは逆に、私たちは未知の明日に向つてみんなが旅立つて行きつつある。その旅の小さい荷物の中には何が入れられるのだらう? まづ主食ではない、夜具布団でも着物でもない。私たちの一ばん欲しい物、買ひたいもの、それはおのおの違つたもので、必需品以外に、生活のうるほひとなる小さな物や大きなもの、その他もろもろであらう。疎開荷物に入れられた物や、むかしの小町の小さい包に入れられた物ではない、それ以外のもろもろの好ましい物。

四五人が寄つてお茶を飲みながら、みんなが欲しいものを言つた。虎屋の羊かんを五六ぽんとある人が小さい願ひを言つた。毛皮の外套と若い人が言つた。匂ひのいい石けん、といふ人もゐた。ラッキイを十箱ぐらゐでがまんするといふのもゐた。それはみんなが持つてゐる夢で、多少なりともその幾分は充され得る夢である。

小さい荷物もあるかなしに枯野をあるく昔の女とは違つて、私たちの毎日には何かしら好い香り、うつくしい色け、豊かな味、そんなものの少しづつでも与へられる時代となつた。それは「暮しの手帖」に書き入れられるもろもろの好い物であると言つてもよろしい。衣食足つてと言つた昔の人のゆめにも知らない今日のわれわれの生活はとぼしく裸であるけれど、その中にも出来るだけの知慧をしぼつて、夢と現実とを入れまぜたもろもろの好い物を見出してゆきたい。

＊「二十の扉」は昭和の人気ラジオ番組。

たんざくの客

大正のいつごろであつたか、大森新井宿で私はサラリーマンの家の平和な生活をしてゐた時分、或る日奇妙なおじいさんが訪ねて来た。どんな風に奇妙なのか、ただ取次に出た少女が奇妙なおじいさんと言つた。おじいさんは名も言はずただ一枚の短冊《たんざく》を出して、これを奥さんにお目にかけて下さい、用向きもそこに書いてありますと言つたと彼女が取り次いだ。その短冊にはよく枯れた字で書いてあつた「たづね寄る木の下蔭やほととぎす鳴く一声をきかまほしさに」。私がそのほととぎすのわけで、新井宿の家は椎やけやきの大木がずつと垣根をとりまいてゐたから、つまり、木の下蔭であつた。

座敷に通すとおじいさんはていねいに名のつた。自分は師匠はございませんが、わかい時から和歌の修行をして歩いてをります何の舎《や》なにがしといふ者で、奥さんが和歌をなさるといふことを風の便りに伺ひまして、おなつかしさのあまり、ぶしつけをかへりみず伺つた次第で、お目にかかれてありがとうございますと言つてお辞儀をした。彼は年ごろ六十かもう少し上かも知れなかつた、古い着物ながら身ぎれいにして大きな合切袋《がつさいぶくろ》をそばに置いて坐つた。煙草もはな紙も、手拭も矢立も鉛筆も、うすい紙の短冊を三四枚かさねて三つ折にたたんだものや、古い歌の本、そのほか一さい合切入れてあるらしかつた。話しながら時々その袋の中から何かしら取り出してゐた。むかし武者修行が諸国を旅して廻り、ある土地の道場に試合を申入れてそのあと、その家に泊つたりしてゐたことは古い物語で読んでゐるが、おじいさんは試合に来たのではなく、ただありあまる歌道の智識をその道の若い人に聞かせたい気持らしく、すこしも高ぶることなく愉快に話してくれた。しりとり川柳といふやうなものがこの頃ラジオのとんち教室で毎週放送されてゐるが、おじいさんはしりとり歌がとても上手で、しりとり歌を三十一首ぐらゐ並べて、その一首毎《ごと》のはじめの一字を横に並べて読むと、これがまた三十一字のみごとな歌になつたりして、じつに驚嘆すべき腕前なので私はすつかりかぶとをぬいでしまつた。

一首のおしまひにんの字がついたらお困りになりませう？と訊いたら、いや、和歌にはんの字は用ひませんですな、んの字の代りにむの字を用ひますから少しも困りませんと言つた。なるほど、私だつて作歌の時にんでなく、むを書く位の事はよく知つてゐたのに、なぜそんな間抜けな事をきいたものか、うつかりものがすつかり恐縮した。その時はお茶とお菓子ぐらゐで別れたが、その後おじいさんは時々現はれて、よく話して行つた。さういふ時なにか食事代りの温かい物を出し、おじいさんに役にたちさうな小さな贈りものをした。お小づかひを上げたら一ばん役に立つのだがと思つても、それを上げてよいものかどうか分らないから、お金は上げないで、何かおじいさんの喜んで食べてくれさうな物を出した。池上のお山の向うに婆さんと二人で暮してゐますと言つても、その家は教へなかつた。三月か四月に一度ぐらゐきつと訪ねて来た。おじいさんが暫《しば》らく見えないことがあつた。はてな、おじいさん病気かしらと思つてゐると、半年ぐらゐ経つてまた見えた。どうなさいました？　しばらくお見えになりませんで、お噂してゐましたと言つたら、やつぱり病気してゐたといふことだつた。その時が最後でおじいさんはもう来なかつた。たぶん立てない病気になつたか、それとも亡くなつてしまつたのか、私は折々彼の事を考へた。はがきのやりとりをするといふほどの現代風もおじいさんと私の交際にはないことだつた。私はこの話をいま書きながらもおじいさんの霊によびかけてゐる。しばらく御無沙汰をしました、おじいさん、今どこにいらつしやいます？

　のどかなにぎやかな大正時代を遠くとほり過ぎて、昭和十九年六月疎開のつもりで私は井の頭線浜田山に移つて来たのだが、その引越しのあと片づけがまだ終らない或る日、めづらしい短冊の客に接した。名ばかりの小さな玄関にだれか人声がしたので出てみると、それは四十前後の男のひとで、着古したセルの単衣《ひとえ》に昔風なちりめんのへこ帯をしてゐた。この時分に国防色の服装をしない男性は殆《ほとん》ど一人もゐなかつたから、この人の和服にちりめんのへこ帯はちよつと奇妙に見えたのである。彼はぴよいとお辞儀をして古びた短冊を出した。字を書いてある短冊が歌であるといふこともその瞬間私には考へつかなかつたほど、この国ぜんたいも私も戦争の空気に取りまかれてゐた。しかしとにかく、私はずゐぶんぼんやり者である、その短冊を手に取らうともしないでびつくりした顔で、あの、何でございませう？　と訊いた。その人は驚いた顔をして私を見つめて、ちえつ！　と舌うちして短冊を邪けんに引つこめて、ぐるりと背中を私に向けて怒りきつた足どりで門を出て行つた。その時である、私は何かしら長いこと嗅ぎなれたやうな体臭を嗅いだ、体臭といつてもその人の生活様式から生れる精神的のにほひで、肉体の体臭ではない。彼のにほひは、その後姿だけが文字ある人のにほひをさせてゐた。私はハツとして、あの人は私に面会を求めて来たのだと初めて気がついたが、もうその時、声をかける時間を過ぎてしまつたので、黙つて手をこすりながら彼の後姿を見送つて、ずゐぶん私はぼやけてゐると自分にあきれてゐた。

彼は浜田山かこのむさし野のどこかにさびしく暮してゐる歌よみかあるひは歌の先生かもしれないのだ。そして新しくこの田舎に越して来た一人の歌よみに面会をもとめて、女性に敬意を表するため古風なたんざくを出したものと思はれる。彼も怒り以上にひどい幻滅を感じたことであらう。黒い羽織でも着た御隠居さんらしい女歌人に会ふ代りに、かすりのモンぺをはいた髪をもじやもじやさせた小母さんに会つたのだ。その小母さんは働いて疲れきつてゐるから、古い短冊をうりに来たとでも思ひ違ひをしたのだらう。ばか！　豚に真珠だ、と彼は怒りきつて帰つて行つたと思はれる。それにしても彼の短冊にはどんな歌が書いてあつたか、それを読まなかつたことは怠慢であり、じつに失礼であつた。私はどこにともなくおわびを言ひたい。しかしながら、その日ばかりでなく、今日でも、私に短冊を下さることは、あわただしい心の私に短冊を下さることは、たしかに豚に真珠である。

乾あんず

十坪に足りない芝庭である。ひさしく手を入れないので一めんに雑草が交つて野芝となつてしまつた。しかし野も林も路もすべての物が青む季節になれば、野芝の庭もめざましく青い。庭のまん中よりやや西に寄つて一本のいてふの樹が立つてゐる。心をきり落したので、いてふはずんぐりとふとつて無数の枝を四方にさし伸べて、むかしの武蔵野の草はらに一ぽんのいてふが立つて風に吹かれてゐたであらう風景を時をり私の心にうつしてくれる。去年の初夏この野芝の庭に一つの異変がみえた。庭のごく端の方に一株の小さな小さな青い花が咲き出したのである。何か見なれた花のやうで熟視すると、ああ、これは忘れなぐさであつた。優しく青く細かく、たよたよと無数の花が夏ふかむまで咲いてゐた。雨にも日でりにもそれをいたはつて眺めたが、今年も五月がくると去年の花の見えたあたり、一面に幾株もいく本も同じ花が咲いて、芝の上の一部は朝日ゆふ日にうす青く煙つて見えた。

けふも梅雨めいた雨で、いてふは荒く白いしづくを落し、芝は沼地の草みたいに濡れてゐる。わすれな草はもうすつかり終るのだらう。ガラス戸越しに庭を見ながら私はお茶をいれた。お茶の香りが部屋にあふれて、飲む愉しみよりももつとたのしい。静かに鼻にくる香りはのどに触れる感じよりももつと新鮮に感じられる。乾杏子《ほしあんず》を二つ三つたべて、これはアメリカの何処に実つた杏子かと思つてみる。

乾杏子からほし葡萄を考へる。ほし棗《なつめ》を考へる。乾無花果《ほしいちじく》も考へる、どれもみんな甘く甘く、そして東洋風な味がする。過去の日には明治屋か亀屋かで買つて来て、菓子とは違ふ風雅なしづかな甘みを愉しく思つたものである。ゆくりなく今度の配給で、すこしも配給らしくない好物を味はふことが出来た。私はことに乾いちじくが好きだつた。むかし読んだ聖書の中にも乾いちじくや乾棗が時に出てくる。熱い国の産物で、東方の博士たちが星に導かれて、ユダヤのベツレヘムの村にキリストの誕生を祝ひに来たときのみやげ物の中にもあつたやうに思はれる。ソロモン王の言葉にも「請《こ》ふ、なんぢら乾葡萄をもてわが力をおぎなへ、林檎をもてわれに力をつけよ、われは愛によりて疾《や》みわづらふ」と言つてゐる、雅歌の作者はこんな甘いものや酸つぱい物を食べながら人を恋ひしてゐたらしい。

「もろもろの薫物《かをりもの》をもて身をかをらせ、煙《けむり》の柱《はしら》のごとくして荒野より来たるものは誰ぞや」ソロモンがシバの女王と相見た日のことも考へられる。世界はじまつて以来、この二人ほどに賢い、富貴な、豪しやな男女はゐなかつた。その二人が恋におちては平凡人と同じやうになやみ、そして賢い彼等であるゆえに、ただ瞬間の夢のやうに恋を断ちきつて別れたのである。

「シバの女王ソロモンの風聞《うはさ》をきき、難問をもつてソロモンを試みんと甚《はなは》だ多くの部従《ごもまはり》をしたがへ香物《かうもつ》とおびただしき金と宝石とを駱駝《らくだ》に負せてエルサレムに来たり、ソロモンの許に至りてその心にあるところを悉く《ことごと》陳《の》べけるに、ソロモンこれが問にことごとく答へたり。ソロモンの知らずして答へざる事はなかりき。シバの女王がソロモン王に贈りたるが如き香物《かうもつ》はいまだ曾《かつ》てあらざりしなり。ソロモン王シバの女王に物を贈りてその携へ来たれる物に報いたるが上に、また之がのぞみにまかせて凡てその求むる物を与へたり。」

旧約聖書の一節で、ここには何の花のにほひもないけれど、二人が恋をしたことは確かに本当であつたらしい。イエーツの詩にも「わが愛する君よ、われら終日おなじ思ひを語りて朝より夕ぐれとなる、駄馬が雨ふる泥沼を終日鋤《す》き返しすき返しまた元にかへる如く、われら痴者《おろかもの》よ、同じ思ひをひねもす語る……」詩集が今手もとにないので、はつきり覚えてゐないが、女王もこれに和して同じ歎きを歌つてゐたやうに思ふ。

彼等がひねもす物語をした客殿の牀《とこ》は青緑《みどり》であつたと書いてある。あまり物もたべず、酒ものまず、ただ乾杏子をたべて、乾葡萄をたべて、涼しい果汁をすこし飲んでゐたかもしれない。女王が故郷に立つて行く日、大王の贈物を載せた数十頭の駱駝と馬と驢馬《ろば》と、家来たちと、砂漠に黄いろい砂塵の柱がうづまき立つて徐々にうごいて行つた。王は物見台にのぼつて遥かに見てゐたのであらう。

女王が泊つた客殿の部屋は美しい香気が、東洋風な西洋風な、世界中の最も美しい香りを集めた香料が女王自身の息のやうに残つてゐて王を悲しませたことであらう。「わが愛するものよ、われら田舎にくだり、村里《むらざと》に宿らん」といふ言葉をソロモンが歌つたとすれば、それは王宮に生れてほかの世界を知らない最も富貴な人の夢であつた。あはれに無邪気な夢である。

私は村里《むらざと》の小さな家で、降る雨をながめて乾杏子をたべる、三つぶの甘みを味つてゐるうち、遠い国の宮殿の夢をみてゐた、めざめてみれば何か物たりない。庭を見ても、部屋の中をみても、何か一輪の花が欲しく思ふ。

部屋の中には何の色もなく、ただ棚に僅《わづ》かばかり並べられた本の背の色があるだけだつた。ぼたん色が一つ、黄いろと青緑と。

私は小だんすの抽斗《ひきだし》から古い香水を出した。外国の物がもうこの国に一さい来なくなるといふ時、銀座で買つたウビガンの香水だつた。ここ数年間、麻の手巾《ハンカチ》も香水も抽斗の底の方に眠つてゐたのだが、いまそのびんの口を開けて古びたクッションに振りかけた。ほのかな静かな香りがして、どの花ともいひ切れない香り、庭に消えてしまつた忘れな草の声をきくやうな、ほのぼのとした空気が部屋を包んだのである。村《むら》里《ざと》の雨降る日も愉しい。

ミス・マンローのこと

ミス・マンローは明治二十四年から二十九年ごろまで学校においでになりました。そのあひだ私が親しく教へをうけたのは、四年と五年にゐた二年間だけでした。それが明治二十六七年ごろの事で、それ以前のことを先輩の方々にうかがつて見たいと思つてゐましたが、かなり古い事であり、御病気の方もあり、おなくなりの方もあつて、何も伺ふ機会を得ませんでした。

先生は黒い眼と黒い髪の、すこし蒼い顔の方でした。いま考へて見ると、カナダの方のなかでもフランス人の血をひいた方ではなかつたでせうか。日本においでになつて二三年して断髪されました。大きなまるい眼鏡をかけて、やや興奮なさつた時には、眼鏡をはづしてぐいぐい拭かれました。

先生は少女時代から人に教へることに興味を持つてをられ、大きくなつたら学校の先生になりたいと言つてをられました。御両親は子供の夢として相手にされなかつたさうですが、富裕な製粉所を持つてをられた父君が、商業上のつまづきから破産された時、先生の夢が事実となつて、十六歳で教へ始められました。

先生は天才的の教師でしたが、しかし又教へるために非常な努力を惜まれませんでした。それは暫時でも先生の教へをうけた生徒のわすれられない事でせう。先生は三年四年五年を一しよにした英語聖書の級を持つておいででしたが、毎日三十分のその時間は、私たちの一生の最も感激ふかい修業時であつたらうと思ひます。先生はその三十分のために、毎日三時間の準備をなさり、そしてお祈りをなさつたさうです。さうすると言ふべき言葉が与へられると言つておいででした。

先生のお講義は、聖書の伝説《リージエンド》を教へて下さるのではなく、クライスト、セイス――キリストが仰しやる――いつもさう教へられました。その現在にキリストが生きて我々の中の一人であるやうに教へられました。

先生は教室以外に於ては生徒をお叱りにならなかつたやうです。いま私たちの心に寛大な方として思ひ出されるのもその為でせうと思ひます。

先生は文学を愛好され、詩が殊にお好きのやうでした。「英文学」といふ時間の二年のあひだに教へていただいたのは、シエリイの「西風の譜」「プロミシウス、アンバオンド」またバアンズの「野菊に」「ねずみ」などで、ことにお好きで長時間を割いて下さつたのは、ブライアントの「曠野《プレイリース》」の詩でした。何十年を隔てた今でも、草野をはしる風の音を先生のお声のなかに思ひ起します。先生御自身も教師の天職にそれほど一途でゐられなかつたら、詩人になつてをられたのかもしれません。詩人のたましひを持つてをられた為に、何時も言葉ずくなで、それが先生の教室に於けるお言葉を、誰のよりも単純に力づよくきこえさせたものとおもひます。西洋風の女子教育熱がおとろへ、女の子は学校を下げて、お花や裁縫のけいこばかりさせるといふ時代に、さういふ学者はだの先生が、校長としてどんなに奮闘なさつたかは、その時分の生徒たちがいつも思ひ出して、心にお礼を申すばかりです。

七月　二つの世界にゐる

入浴

入浴は、コーヒーを飲み甘い物をたべるのと同じやうに私たちにはたのしいリクリエーションで、同時にどうしてもはぶくことの出来ない清潔法である。戦争で国も家々もだんだん貧乏して来た時に、たき物の都合から私はやうやく思ひきつて街の湯に出かけることにした。その銭湯は家の門を出て西の方角に行き垣根に添つて東南に行くと、すぐであつた。さういふと遠いやうでも、じつは私の家の隣りだつた。この隣りのお湯で私は銭湯の味を覚え、それからもう九年になる。自分の家の湯には数へるほどしかはいらないで満足してゐる。疎開のつもりで越して来たこの農村にも、いつの間にか銭湯が出来て、もらひ湯といふのは流行らなくなつた。

いま私が行くのはE町のお湯である。水道が来てゐるから東京のまん中とすこしも変らない。清潔な湯や水で顔を洗つてゐる時、ながい年月のいろいろな不便やともしさを考へ出して私は今とても嬉しくなる。大森のお湯では空襲警報がきこえて沢山の裸体がうようよごたごたしたことも思ひ出される。わが国日本に平和が続いて、ゆつくりと湯の中に体をしづめてゐたいと、私はいつもお湯の中で祈る。

さて入浴中にこのごろ気がついたのであるが、お湯から上がつて最後に顔を洗ふとき、手で洟《はな》をかむ人が多くなつたやうで、戦争中やそれ以前にはあまり見かけなかつた事だ。これは疎開で田舎に行つて、田舎の人のしきたりを習ひ覚えて東京に帰つて来た人たちかもしれない。かう言つても田舎の人たちの仕方がきたないと言ふのではない。彼等はおのおの自分たちの家の湯ぶねに浸り、一日の体のよごれを洗ひ、顔を洗ひ鼻もあらつてお湯を出てくる。古い御先祖さんからのしきたりで、それはそれで彼等の流儀なのだ。しかし東京の銭湯は公共のもので、田舎の内風呂とは違つてゐる。すこしは遠慮しなければ。あるひは田舎に疎開しないでも、洟をかむことが竹槍式の礼法みたいに感じて、体を清潔にするためには鼻の内部までもきれいにしてお湯を出ようとする人もあるのだらう。たしかに、清潔にするためで、不潔にするためではない。しかし自分だけ清潔になつても、タイルの上はそれだけ不潔になる。先日お湯の中で考へたことであるが、戦争中の銭湯はもつとごみごみしてもつと不潔であつたけれど、洟をかむ人は少なかつたやうである。この国のもつとも豊かでもつとも愉しかつた大正年間にわれわれは上も下もなく知らずしらずの間に西洋のエチケットを習ひおぼえたのであつたらう。そのお行儀のよさがこの戦争の中途ごろまでは続いてゐたやうである。大正時代には道路に痰つばを吐くと叱られた。罰金だつたやうに思ふが。今は他人の門前だらうが、ばらの花の生垣だらうが、どこへでも遠慮なしに痰を吐きおてうづをする。犬たちはおてうづをするだけで痰や唾は出さない。人間の方が犬よりも不潔になつたのは、敗戦国の民衆のどうでもなれの投げやり気分なのだと言ふ人もある。しかしお互に私たちの兄弟をそんな風に考へないで、犬よりも人間の方が体が大きいから、体内に犬よりも余計なよごれ物を持つてゐるのだと考へてみたい。十や十一の少年は決して痰唾を吐かない、体が小さいからよごれ物もたまつてゐないのだと思はれる。お話がだんだんきたなくなつて来た。

洟をかむことは日本では不作法な事ではない。昔の小説の中にもたびたび洟をかんでゐる。少女時代に私が愛読した八犬伝にも、その時なにがし鼻うちかみて「のう、犬田ぬし、犬飼ぬし、みこころのほどは……」といふやうな感激の場面があつて、さういふ時には洟が出る。西洋の小説には洟をかむところはないらしい。その時彼女は鼻うちかみて「のう、愛するものよ、わらはの心は……」なんてことは言つてゐない。習慣がちがふのである。中国では洟を出すことは何でもなく簡単らしい。字びきにもちやんとむづかしい漢字があつて、私たちはその字を使用してゐるのだから。英語の字びきには水洟といふ字があつたかどうか、私はまだ必要がないので探しても見なかつた。風邪《かぜ》のときにはどこの国の人も洟を出すに違ひない。ただそれを表現しないエチケットなのである。人間といふ動物は美しい物もきたない物もいろいろ持つてゐるから、天下御免の事も、言はず語らずであればよろしい。

ただ入浴中ののんびりした気分のときに、私たちの国が永いあひだ保つてゐた礼儀を失ひつつあると感じることはなさけない。こんな事を書くこともすでに不作法であり、荒い時代が私にも荒い教育をしてくれて、この国にみなぎる粗野の気分に年とつたものまでも捲《ま》かれてしまつたのである。

今はもう十年以上も経つてゐるが、大森のお湯で詠んだ歌がある。

湯気こもる大き湯ぶねに浸りゐて無心に人の裸体をみつつ
われもまた湯気にかこまれ身を洗ふ裸体むらがる街湯のすみに
春の夜の雨もきこえしわが家のひとりの湯ぶね恋ふるともなく

大へんにむづかしい顔をしてお湯に入つてゐるやうにきこえる。ほんとうに深刻になつてぼちやぼちや洗つてゐたのであらう。うちのお湯でなく、外のお湯にはいることも十年経てば慣れてしまつて、いまは苦しくもなく、さりとて嬉しくもない。十年前には戦争の暗雲が国と人とを包んでおもく圧しつけてゐた。いま、もう一度平和が破れてどんな未来が押しよせて来るかもわからない今日ではあつても、私たちは入浴してゐる時まるきりそんな事は考へず、ただきれいにきれいに自分を洗つてゐる。もしや明日死んでも、あるひは十年生きてから死んでも、できるだけ裕《ゆた》かな心できれいな体で生きてゐたい。

御殿場より

一

もう皆様鎌倉へ御出かけの事と存じ上ます。私も漸《ようよ》う去る二十七日に、用事も置きつぱなしで出かけてまゐりました。御殿場といふ所は思ひの外よいところで私共には軽井沢よりも気に入りました。きれいな水が沢山に流れてゐるのが何よりも嬉しく思はれます。紳士村や西洋人の村にはいろ〳〵の人達がをりますのでせうけれど、御殿場の町近くには、富士へゆく人達より外に誰もをりませんので、Ｙ氏の一家と私どもが町を歩いてをりましても、直ぐにめじるしがつきさうで少し気はづかしい位に存じます。もう四日になりますが、毎日〳〵曇つてをりまして、満足に富士を見た日はございません。女達は、未だにまだ富士は、絵のやうにうすく見えるものと思つて待つてをります。今ちやうど箱根の山に薄く夕雲がかゝつて、前の田の道を白い服の人達が山百合をかついで歩いて行きます。静かな景色でございます。おところを書かずにをりますうちに忘れてしまひました。いゝかげんに書いて見ようと存じます。(七月三十日夕)

二

昨日はお手紙をありがたう存じました。軽井沢へ久し振の御出でゞ、いろ〳〵面白い事を御覧になつたらうと存じます。今日何かの新聞に、浅間山のお歌が見えました。多分あちらでおよみになつたのだらうと、そゞろにあの山をなつかしく思ひました。まだ私共は満足に富士を見ずにをります。一昨日の夕方、たつたすこしの間晴れ〳〵した空になりました。今度こそはほんとに晴れるだらうから、そしたら何処へ行かうかと、ふさ子とも相談してをりますうちに、もう雨の空になつてしまひました。昨日は恐ろしいほど降りました。これでは御殿場日記でなくて、雨の日記でも書いて帰らうかと甚だつまらなく思つてをります。間島さんにお逢ひの折によろしくお伝へを願ひます。(八月七日朝)

小さい芸術

むかしの世では、あづまから京へ、京から筑紫のはてへと、手紙を書いたり書かれたりすることが、非常に珍しひことであり、又一生のうちの幾つかに数へられるよろこびでもあつたらうと思ふ。その時代の人々の静かな余裕ある心では、その手紙のためにたくさんの時間と真心と技巧をも与へることが出来た。かれらは手紙によつて多くを与へ多くをうけることが出来たのである。あの鎌倉の月影が谷《ヤツ》の小さな家で手紙を書いてゐた阿仏尼などは、今の私どもが訪問したり食べたり買物したり自働車と電車に乗つたりする凡《すべ》ての時間を悉《ことごと》く手紙を書くことと子供らのための祈りとに費したのではないかとさへ思はれる。たしかに、むかしの手紙は立派な一つの芸術であり、又いかなる尊い贈物にも増して礼と愛との表現に力あるものであつたらうと思はれる。

現代の私どもはむやみと忙しい。私どもは美しさと静かさからだんだんに遠ざかつて来てしまつた。手紙を書くといふことも、今の私どもには、さほどの歓びではなくなつて、ある時は煩しくさへ感じることがある、煩しさを感じた時に書いた手紙がどんな感じを先方の人に伝へるであらうかと思ふと、顔があかくなるやうな気がする、私どもの手紙にはあまりに時間とまごころとが足りなすぎる。

しかし、どんなに忙しいと云つても、用事の手紙や葉書ならば、私どもは一日に何遍かいてもすこしも恐れない、さういふ手紙が、ある時は面談するよりもずうつと雄弁であり、要領を得てゐることもある。つまり私どもが忙しい中で書きづらく感じるのは用事のない手紙である。これは、たぶん、何を書いてよいのか私どもの落ちつきのない心には容易に思ひつかれないからでもあらう、又どんな文体で書いてよいかを考へるのも面倒の一つであらうと思ふ。

今の手紙の文体はずゐぶんいろいろである。お案じ申上げてをりますといふ丁寧なものもあるし、どうぞ、さう云つて下さいといふ学生風なのもあるし、雲かとばかりあやまたれし花もいつしか散りてあとなく、若葉なつかしき頃と相成り候へば、といふやうなたいそう優しい書きぶりもある、みんな書く人の自由であるから、貰つた方でも自分の好きな恰好に返事をかいてもよいのであらうけれど、神経質な人たちはやつぱりそれぞれに書きわけをしなければ気が済まない、それからインキと墨の書きわけさへもする、だから、なほさらにおつくうに感じるのであらう。手紙の文体をもうすこし私どもの自由に書けるかたちに直して欲しいやうに私はこの頃つくづく考へはじめた。

このあひだ私はほんの一寸した事の問合せの手紙をある人に送つた、するとその人から返事が来た、それは私が今まで貰つた友人たちの手紙の中で最も快い明るい感じのするものであつた。くり返して読んで見て、どこがどういふやうに快く響くのか、私にははつきり分らなかつた。全文中の四分ほどは私のとひあはせの返事で、二分は私の知らない或る事件の報道であり、二分はある本に就いての感想で、一分はその人自身の事が書いてあり、あと一分は私の気持を快くするための親切な技巧であつた。全体が非常に明快な調子で書かれて日常の会話のとほりな自然さが現はれてゐた、その人は、いつも、大へんにむづかしい文を書く人であつたので、私はよけいにおどろかされた。しかし、言葉の技巧を知り尽した人でなければ、それほど自然な平易な手紙はかけないのであらう。

ある時私が某先生のお宅にうかがつた時、西洋人の手紙の話が出て、西洋の人たちの手紙はその人たちにとつて一つの創作であるから、私は日本で書いてゐる葉書のやうな手紙を送ることを恥ぢると云はれたことがあつた。その後私はチエホツフやスチーヴンソンまたヘンリイ・ジエームスなどの手紙を読んで見て、つくづくその先輩の言のほんたうであることを感じた。

チエホツフが後に自分の妻とした女優に送つたやうな手紙を書くには我々の言葉は不自由であるかも知れない、ヘンリイ・ジエームスがその母や友人に書いたやうな手紙を、私どもが自分の友人や子供から貰はうと期待するのは、少し欲ばりすぎるかも知れない、しかし、どうかして私どもはもうちつと自由に現代語を使つて、もうちつと努力して手紙を書いてもよささうなものである。時間がない時は葉書でもけつこうだと思ふ、ただ其中《その》に私どものうそでない心持さへ入れてあれば。

言葉はなりたけ簡単に、言葉の上の技巧は捨てて、全体のトーンの上にある苦心をしなければなるまい、感傷的の形容詞は捨てて、その折々のまことの感情を言外に現はす努力もしなければなるまい。そんな注文をいへば、それは詩をつくるよりも小説をつくるよりも、もつとむづかしい事かも知れないが、とにかく、私どもは、もつとよい手紙を、もつとらくに書きたい、手紙によつて、与へ、また与へられたい。それには私どもの手紙に対する心持をもつとあたらしくしなければなるまい。

たいそう古いことを言ひ出してをかしいが、つい此程《このほど》私はある必要があつたので土佐日記を読んで見た、そして私はむかしの一官吏がどれだけの元気と歓喜を以てはじめて我が国文体の日記を書くといふ冒険を敢てしたかと考へて見た。むかしの人は羨ましい、私どもは疲れてゐる。手紙といふ小さい芸術の中に力とよろこびを感じることが出来るほどに私どもが若がへることは出来ないものだらうか。

物質的の報酬のないところには些《いささか》の努力をも惜しむといふほど、私どもはそれほどさもしい心は持つてゐないつもりである。報酬の目的なしに、互に与へ、与へられるよろこびは、いつの時代にも、特に人類に恵まれたる幸福でなければなるまい。

私どもの疲れた頭にも、もうすこし手紙について考へて見たいやうな気がする。

芥川さんの回想（わたくしのルカ伝）

主イエス・キリストの三年の御生活を、マタイとマルコは見て書いた。愛する弟子ヨハネは見、かつ感じて書いた。ルカは、それを聞いて書いた。まだ少女の時分、私が聖書の級でさういふことを教はつたとき、その四人をいろいろ空想して見、ルカはキリストの毎日を見ないでかはいさうにと思つた。そして又、キリストの足が泥によごれてゐるのも見ず、頭痛がする時キリストの額に八の字がよるのも見なかつたことは、伝記者として一ばん幸福だつたらうとも思つたりした。四人の意見をいちいち訊いて見たら、一人一人が、自分がいちばん幸福だと云つたにちがひないが。

そのルカとは少し話が違ふが、私が十余年間はるかに礼拝《らいはい》してゐたAR氏の、ことし三回忌にあたるので、その在世中の折にふれての話を何か知つてるなら書くやうにとS氏から云はれた時、私はルカを考へた。もしも私の耳学問をそのまま書きつけたら、十一使徒が笑ふかもしれない。しかし、彼等はすでに祝福された彼等なのだから、ルカにはルカの文をゆるすだらう。

T町のなかで一ばん静かな路に芸術家M氏の家がある。M氏一家が避暑に行つた留守をMKが留守居してゐた。MKは、いま赤い本の編輯《へんしゆう》をしてゐるMだ。ある夕方Mが一人でぼんやりしてゐると、Hが訪ねて来た。

二人の青年は寝ころがつてその儘《まま》うたたねしてしまつたが、夜が更けて門を叩く音がした。二人は起きて聴いた。夜はもう十二時すぎで、うちの門を叩いてゐる、そしてM君、M君、あけてくれと声が云つてた。Mは出て行つて門をあけると、Nだつた。Nはその日何かの人違ひで芝の警察に留められ、夜遅くなつて漸く人違ひがわかつて解放されたのだが、郊外の彼の家は遠かつたし、ひどく空腹《すきはら》だつたからこの家に訪ねて来たのだ。

Mは友人のために新しく御飯をたき、みそ汁もつくつた。汁の煮えたつにほひが家《うち》ぢゆうに流れて、Hも食欲を感じ、僕も食はうと云ひ出した。Mは座敷に食卓を出し白いきれをかけて三人がその夜ふけの食事をした。じつにうまかつたさうである。食事がすんだのは二時で、彼等ははなを始めた。

ふいとHが、Aさんもう寝たらうなと云つた。もう、寝たらう、とNが云つた。その夜ちやうどその時分、A氏はその彼等から二三町はなれた彼の家で、薬を飲みしづかに眠り始めた時だつた。彼等はしばらく札をめくつて又Nが云つた、あす、帰るとき、Aさんとこへ寄つて行かう。

僕もいく、Hも云つた。Mは留守居だから、行くことは出来なかつた。彼等はそれからも熱心に札をいぢつてゐると、どこか遠く鶏が鳴きはじめ、むしあつい夜が夜明だつた。寝ようか？　彼等はそこへ寝てしまつた。もう朝の四時だつた。

おそくなつて目が覚め、朝飯をすますと彼等は昨夜《ゆふべ》云つたことを忘れて急いで帰つて行つた。

秋になつてHからその話を聞いた時、A氏に愛された青年たちが無意識にお通夜をしてゐたのだらうと、私は思つた。彼等の姿がA氏のゆめに映つたかもしれない。さう思ふことは、さう信じることは、たのしい。

N県O村に古くからの路があつて、ちやうどOの村はづれで路が二本に別れ追分になつてゐる。そこは小さな小高い丘になつて一本の標示石《みちしるべ》が立つてゐる。四角な柱みたいな石で、東にむいて立つてゐる。おもてに「右、何々街道、左、何々道」と彫つてある。

A氏が丈夫の時分そこへ遊びに行つた。非常に暑い日のひるで、その丘の腰掛で、一しよにゐたHやMとみんなで煙草を吸つてゐた。HもMもまだ文科の学生だつた。前夜の雨で空が非常に青く、山が、遠い山もちかい山もめざましく濃い色だつた。かぜが強く、そこいらの桑畑の葉がざわざわしてゐた。突然A氏が、ここはあんまり静かで、しんじやいたくなる、と云つた。ひくい声だつた。

側にぼんやり腰かけてゐたK氏が、それを聞きちがへ、ここはあんまり静かで、ひんじやくだ、と聞いた。そして、ひんじやくな方がいいんです、静かで、とつんぼの返事をした。みんな盛んに笑つたが、あとで、Kさんは耳が遠いのかしら？　A氏がHに云つた。するとそのあとでK氏が、Aさんは少し鼻が悪いのかしら、言葉がきき取れない、とHに云つたさうだ。

A氏が病気のはじめころ、いつだつたか、原稿紙に書いてある歌をHにみせた。

二世安楽といふ字ありにけり追分のみちのべに立てる標示石《みちしるべ》には

夕かけて熱いでにけり標示石《みちしるべ》に二世安楽とありしをおもふ

その時分もうすでに、遠く甘い死がA氏に顕はれたものと見える。しかし、誰もその日はその石にあつた字を読まなかつたさうである。

IKは、父が事業につまづいた為、少女の時分から仕事を持たなければならなかつた。十七の時Iはある精進料理屋の給仕になつた。Iは小さい時から文学少女だつたので、A氏が友人たちと折々この料理屋に食べにくるのを見つけて、前に自分が何かの雑誌で見た文学者の写真をおもひ出し、あれA先生でせう？　とその部屋の受持に云つた。受持の女は、あなたはAさんですかといきなり訊いて、みんなを驚かした。それからIもその席に呼ばれ、まだ小さい娘だつたのでA氏も、よく僕を知つてるね、と云つた。

それからずうつと後《のち》、IはKと結婚した。ある日二人は一緒にT町のだらだら坂を上がつていく時、向うから下りて来るA氏と行《ゆ》き会つた。春かぜが吹きはじめる頃だつた。A氏はさむさうな顔をして、ひよろひよろとほそい体が倒れさうに歩いて来た。Kは丁寧に礼をした、KはM氏門下の詩人だつたから。A氏は立どまつてKと少し何か話して下りて行つた。

Iはだまつて側に立つてゐて、八年間にひどくかはつたA氏を、驚いて、だまつて見てゐた。Aさん、おわるさうね！　とKに云つた。

あとで、A氏はその日の彼女が昔のIだときいて、ひさしぶりに会つてみたいと、二人をよんだ。二人の話をききながらA氏は眼をつぶつて椅子によりかゝつてゐた。そして時々眼をあけて何か云つた。それは亡くなる一週間ばかり前だつた。もう、ひどくお弱りになつていらつしやいました、とIが話した。

　ある夏、たぶん震災よりもあとだつた、W伯爵夫人の友人たちが夫人の歌集出版の記念会をした。

ちやうど七月七日の夜で、七夕のかざりをし、笹の葉に短冊を下げた。短冊には万葉の七夕の歌をかいてあつた。それから、梶の葉の形に紅白黄青の紙をきりぬき、メニユーにした。その夜A氏も招《よ》ばれて出席した。

　食事がをはり別室で煙草になる時、大ぜいの女の人たちがその梶の葉のメニユーを持つてA氏のまはりに駈けあつまり署名を求めた。一度に大勢がよりあつて一人のA氏が波の中に沈んだやうに見えた。そのうち、もう沢山、もう沢山、とA氏は息を切つて窓のところへ逃げ出して立つてゐたが、まるで鬼ごつこみたいで愉快な光景だつたさうだ。後日その会の出席者たちはしみじみ追懐した。愉快だつたね、じつに。あゝいふ騒ぎは、ダンスみたいなもので、あれは、熱ね！　とある一人が云つた。それをきいてる私は、人気は熱なのだな、と思つた。

A氏葬式の様子を人づてに聞いた時、私はまた、熱にみちた人間の波のよせ返る姿を考へた。

A氏がS町に行つてる時分は非常な元気だつた。Sに温泉がある。その温泉にはひつては、小説を書いてゐた。小説は、すの字とか、への字とか、たの字の話とか、そんな風の小説だつた。彼はかなり長くそこに落着いてゐたが、どうしても月末《つきずゑ》までに帰らなければならなくなつた。

明日立つといふ前の晩、番頭がお電話でございますと云つた。どなた様でございますかお名前を仰しやいません、もうお立ちになりましたかとお訊きになりますから、明日お立ちですと申上げましたら、それでは明朝こちらも帰ります。S駅でたぶんお目にかゝれませう、委細は汽車の中で申上げますからとおつしやいました。そして、お目にかかれば分るとおつしやいました。

その人は、そこの宿でなく、もう一つの宿に泊つたらしかつた。A氏はここまで自分を訪ねて来た人が誰であるか分らなかつた。

お声は、男の方のお声でございましたと番頭は云つたが。

翌あさ、S駅であつちこち見廻したが、だれの顔も見なかつた。一晩中、好奇心をもたせるといふ悪戯《いたずら》かとも思ひはじめ、汽車に乗らうとすると、一人の赤帽が駈けつけて、あなたは、A先生でいらつしやるのですか？　いま、あちらでお客さんが探してお在《い》でです、あちらの室ですからお知らせしてまゐりますと云つて、沢山の笹巻を網に入れたのを其処《そこ》へ置いて駈け出した。

すぐに、その室へ、やあ、と云つてはひつて来たのは、大入道みたいな大きな男の人だつたさうだ。仕事の用事で、A氏に頼みに来て、そのたくさんの越後の笹まきをみやげに持つて来たのだつた。

どこかの乗換へ駅でその人に別れて、A氏はその笹まきをはるばるK町に持つてゆきKM家に半分贈り、半分は東京まで持ち帰つた。

あの時は、じつに、はかなかつたね、その男の顔をみた時、とA氏はある酒の席で云つた。それを聞いてゐた妓《をんな》がある人に話した。とにかく、ルカはその話をほんとの話だと聞いたが、つくり話だかどうだか知らない。ほんとだらうと思ふ、それは、かなしく、又たのしい話だ。

八月　色彩

三本の棗

いま浜田山の庭にある棗《なつめ》の木は私にとつては三本目の棗である。小さい時泊りに行つた埼玉県の祖父の家に大きな棗があつた。祖父の家の表門をはいるとすぐ左手に米倉が立つてゐたが、それは古びても美しい白壁の倉で、その戸口のすぐ側に大きな棗の木が立つてゐた。祖父の家はひろくて、奥の倉につづく座敷の前には石の多い奥庭があり、家の南に建て増された新座敷とよばれる三間ばかりの客座敷の前には古風にきどつた庭があつて、椽側ちかく木賊《とくさ》がすつすつと立つてゐて、外をかこむ竹藪の柔い青さがこの庭と一つの世界に見えてゐた。しかし米倉のそばには庭らしいかざりの石も樹もなく、そこいらじうにおしろいの花や萩が咲いて、鶏どもがちよこちよこ歩きまはつてゐたりして、子供の私ものんびりと鶏を見ながら遊ぶことができて、さうしてゐるあひだに棗の実を採つて食べることを覚えたのである。だれか大人が一しよに立つてゐて食べさせてくれたのが初めだけれど、棗はおいしいなと思つて、私は泊つてゐるあひだ時々倉の前に出かけて行つて食べた。下枝のをとつてみたり、地に落ちてるのを拾つたりした。

私の十代の月日は無事にあつけなく過ぎて、二十代で結婚し、三十代になつたとき、貸家でない自分の家に住めるやうになつた。わかい田舎大工が作つて、ただ家の形だけをそなへた粗末なものであつても、夫も私もその家にはいろいろな注文があつた。夫は屋根のある門が欲しいといひ、私は棗の木を一本ほしいと言つた。川崎の田舎の方から植木屋が探して来てくれて、それを家の東南の方に植ゑつけた。かなり年をくつた木で毎年たくさんの実がついたが、次第に私たちの生活にもゆつくりした時間は持てなくなり、秋になつて棗の実が赤るんでもその実を採る人もなかつた。実はいくつもいくつも土に落ちて、何時の間にか小さい小さい芽生《めばえ》がひよろひよろ生へ出してそこら一ぱい棗の林のやうになつた、と言つてもそれは小びとたちの遊ぶ林みたいで、五六寸か一尺位の木ばかりであつた。その小さい棗の木が育つて三尺にも四尺にもなつた時分、日本は大戦争の混乱に堕ちて、私はもうそのまま家も庭も何も捨てて田舎じみた今の土地に越して来たのである。

終戦の秋軽井沢から浜田山に帰つて、荒れはてた庭を少しづつ草をとつて片づけてゐると、隣家との堺に小さい棗の芽生の二尺ぐらゐの高さのものを見出した。あらつ！　棗がある！　私は思はず声を上げて、同居のわかい人を呼んだ。この木は大森から持つて来たのでせうか、あなた覚えてゐる？　と訊いてみた。彼女はお引越しの時あまり沢山いろんな物をトラックに載せて来たので、棗を持つて来たかどうかはつきり覚えてゐないと言つた。引越しより前に一度、四月の末ごろグラジオラスの球根といちごの株を持つて彼女と二人でこの庭に植ゑに来たことがあつた。そのとき棗の芽生の中位な大きさのを持つて来たのではなかつたかしらと考へてみたが、どうもはつきり思ひ出せなかつた。その木は隣家と私の家との境界の石のすぐそばに、一寸か二寸向うの家の方に入り込んで立つてゐる。その時分防火訓練のために双方の家の生垣はとりこはされてしまつたが、境界石がすぐ見えるから、私が持つて来たものなら石より此方側にうゑたらう、やはり隣家で小さい芽生を植ゑたのであつたらうとも思つた。隣家の人たちは栃木県に疎開してそれきり帰らず、今は新しい持主が住んでゐるので訊くことも出来なかつたが、翌年になつて御主人の勤務先が変つたので、家を売つて京都に引越すことになつた。私はこの機会に心ばかりのお別れの贈物をして、その代り記念として庭のしげみに隠れてゐるあの棗の木をいただくことにした。あら、まあ、棗がありましたのねと、奥さんはそんな小さい木があることさへ知らず、それでは、私たちを思ひ出して頂戴と、快く私の庭にうゑつけてその翌日立つて行つた。

もうそれから四年経つて棗はずゐぶん育つた。人間の齢でいへば十七八ではないかしら？　一昨年から私はその実をたべ始めた、と言つてもほんの二つか三つぐらゐ。昨年は十つぶか、もつと余計に食べた。今年も白い花を充分つけてゐる。老年になつた私は子供の時のやうにもう一度木の下に立つて愉快に木の実を食べることが出来る。それをたべながら私は祖父の家の古い棗を考へる。米倉の白い壁も鶏どもの赤い鳥冠《とさか》も。追憶は私自身の大森の家の大きな棗とその廻りの芽生を思ひ出させる。あの木に私の大事な赤猫が駈け上がつて遊んだこともある。青ぞらにもずがやかましく鳴いた日であつた。古い本の頁のやうに、あけて見ればいろいろな事がある、三本の棗の木と私の生活のうつりかはりも。

豚肉　桃　りんご

軽井沢の家でY夫人から教へて頂いた豚肉のおそうざい料理はさぞおいしいだらうと思ひながら、まだ一度も試食したことがない。（その夏は中国と日本とのあひだが険しい雲ゆきになつた年であつた、しかし私たちはまだ軽井沢に避暑に行くだけの心の余裕をもつてゐた。）それはY家の御主人がドイツに留学してをられた時に宿の主婦が自慢に時々こしらへたおそうざい料理だつたさうである。豚肉を三斤《きん》位のかたまりに切つて肉のまはりを塩と胡椒でまぶし深い鍋に入れて、葱を三寸ぐらゐの長さに切り肉のまはりに真直ぐに立てて鍋いつぱいにつめ込むのである。水も湯も少しも入れずに葱と肉から出る汁で蒸煮のやうに三時間ぐらゐも煮ると、とろけるやうにやはらかい香ばしい料理ができるといふお話であつた。

その夏その料理を教へていただいて帰京してからの私たち東京人の生活はだんだん乏しくなつて、やがて一斤の肉さへ容易に手に入れがたくなり、葱なぞは四五本も買へれば運がよいと思ふやうになつた。その貧乏生活が十年以上も続いて漸《ようや》くこのごろはどんな食料でも手に入るやうになつて来たけれど、しかし店々にどんな好《い》い物が出揃つても、大きな買物をすることは今度は私のふところ勘定がゆるさなくなつて、私の家の大きな鍋に三斤の肉の塊りとそれを包む葱を煮ることはまだまだ出来ずにゐる。

軽井沢の家では夏じうよいお菓子を備へて置くことも出来なかつたから、お客さんの時は果物のかんづめをあけることもあつたが、大ていの時は桃をうすく切つて砂糖をかけて少し時間をおいてからそれをお茶菓子にした。水蜜よりも天津桃《てんしんもも》の紅い色が皿と匙《さじ》にきれいに映つて見えた。半分づつに大きく切つて甘く煮ることもあつたが、天津のなまのものに砂糖と牛乳がかかるとその方が味が柔らかく食べられる。天津は値段も味も水蜜よりは落ちる物とされてゐたが、ふしぎに夏のおやつにはこの方がずつと充実してゐた。戦後になつてからは天津はどこにも見えなくなつたが、惜しいやうに思ふ。T老夫人やH老夫人はそれをとてもおいしがつて食べて下さつた。この夫人方はお若い時からの社交夫人で内外の食通であつたけれど、こんなやうな不断のお八ツはごぞんじなかつたやうに、砂糖でころす時間なぞ悉《くわ》しく訊かれた。そんなことの後で私はふいと奇妙な感じを持つた。桃をこまかく切つて砂糖をかけて置くことは私の父が好物で、麻布の家のうら畑に一ぽんの桃があつたのが熟すとすぐ採つて小さくきざんで砂糖をかけて私たちみんなで食べた。それは古くからの日本桃で実も小さく、水蜜の熟さないもののやうに青白い色をして、しんに近いところが天津のやうに紅い色だつた。その時分はそんな桃でも、さうして味をつけ加へれば非常においしく、父が外国でさういふ風にして食べなれて来たものと思ひこんで、母に何もそんなことは訊《き》かなかつた。しかし、ひよつとしたら、これは外国風のたべ物でなく、父と母の郷里の埼玉風のたべ方だつたのかもしれない。私の母や婆やなぞは迷信のやうに砂糖の効力を信じて、どんな酸つぱい物でも生水でも砂糖でころせば決してお腹にさわることがないと言つてゐた。おぼんの季節に下町の人たちが訪ねて来ると、まづ第一に深井戸の水を汲んで砂糖水にしてお客にコップ一杯御馳走した。明治の或る年、コレラが流行した夏でも砂糖水なら大丈夫ですと言つて、どこまでも砂糖の殺菌力を信じてゐたやうである。それゆゑ砂糖でころすといふ言葉もあるひは田舎なまりかもしれない。ころすといふ字を辞書で見ると、「死なせる　命を断つ　圧しつけて小さくする　殺《そ》ぐ　減らす　抑へつけ十分に活動させない　質物を流す」等である。しかし魚を酢でころすといふやうな事はよく聞いてゐるから、あるひは民間にゆるされた言葉であつて、あながち田舎に限つたことでないのかも知れない。これは桃に砂糖をかける話からその歴史に疑ひを持つた私ひとりの内しよ話。

さて麻布の家の桃の連想から麻布谷町のある仕立屋さんの庭の林檎を思ひ出す。その麻布谷町といふところは今の箪笥町《たんすまち》の近辺である、今でもその名の町はあるのだらうが、片側に氷川台の高い崖地があり、向うは霊南坂から市兵衛町につづく高台で、そのあひだに谷の如く横たはるきたないまづしい町で、その時分には溜池の方から六本木に出る今の大道路は影もなかつた。谷町といふ名の現はすやうにそこは陰気な感じの裏町で、自分たちの住む高台の町とは遠い世界のやうに子供心にも思つてゐたが、その町に私の家の仕立物をたのむ母と娘の仕立屋さんがゐた。その辺としては広い家で、古びた格子戸をあけると玄関の二畳があり茶の間の六畳が続いて、その奥に八畳、それから黒びかりする縁側、そのそとはかなり広い庭。三十坪か四十坪ぐらゐの庭にはいろいろな小さい木々が、桃や躑躅《つつじ》やかなめ、椿、藤、それから下草のやうなものがめちやに沢山しげつて、まん中に小さいお池があつた。それは水たまりといふよりはずつと立派なほんとうのお池で、緋鯉か金魚がゐたやうに覚えてゐる。そのお池の向うの、この庭のいちばん端のところに林檎の樹が二本あつて、大切に棚が出来てゐたやうである。古くからの日本りんごであつたから実が小さくて今の紅玉なぞの五分の一にも足りない大きさであつたが、仕立屋のお母さんは大事に大事にして、私なぞ子供のお客が行くとそれを取つて来て、皮をむいて小さく切つて小楊子《こようじ》をつけて出してくれた。この人たちは士族の家の後家と娘で非常にお行儀がよく、その林檎もきれいな青つぽい皿につけておぼんに載せて出したやうだつた。林檎のすつぱいこと、すつぱいこと、泣きたいやうなその味も、さてこの林檎がどんなに珍らしい物であるかをお母さんがうちの婆やさんに幾たびも話してきかせるから、子供ごころに大へん尊いものと思つていただいた。ほかの駄菓子やおせんべいも御馳走になつたのだけれど、ほかの物は何も覚えてゐない、ただ酸つぱい林檎は今でもその仕立屋の家を思ひ出させる。その後家さんと娘は近所の女の子たちに裁縫を教へ仕立物も引受けてほそぼそと静かに暮してゐたのであらうが、満ち足りた、賑やかな、愉しさうなあの態度は今のこの国の内職組に見せたいやうである。あの頃の士族、徳川様の御直参といふ人たちは何か後に反射する過去の光をひきずつてゐたやうで、悲しく優美な背景は現代の斜陽族の比ではなかつた。洗ひ張りした黒つぽい縞のはんてんと縞の前掛、浅黄《あさぎ》や紫の小ぎれを縫ひ合せたたすき、そんなつつましさと落着は今日でも思ひ出される。質素に愉しく生きるすべをよく知つてゐた彼等である。

仕立屋さんの背後の丘、つまり氷川台の方はすばらしく名家ぞろひの丘で、N男爵の一万坪以上もある別邸、A海軍中将の明るい洋風の屋敷、その隣りもS子爵の別邸、たつた三軒の家で何万坪かの面積をしめてゐた。そこを通り越すと右へ谷町の方に下りる坂、左へ折れると屋敷町で勝伯爵や九條公爵の家々があつたが、今そんなとこまで私は行くのではない。A海軍中将の家のことである。A中将は軍人ながら大変な金持で下町の神田日本橋辺にも沢山の土地を持つてゐるといふ噂であつた、もう疾《とつ》くに隠居して西洋の軍人みたいにのびのび暮してゐるのだつたが、屋敷の一部を割いて立派な西洋館で外人向きの大きな貸家を二軒ほど持つてゐて、内外の名士に貸してゐたらしいが、私が思ひ出すのは、或る時イギリスの詩人サア・エドウィン・アーノルドが日本に来てその家にしばらくゐたことである。詩人は令嬢を連れてゐた。

その時分（仕立屋にお使に行つた頃よりずつと後のことである）私のゐた女学校はカナダ人が建てたものだから、当時イギリス第一といはれてゐた詩人に講演を頼んだ。私たち子供は何も分らず、ただ有名な詩人と聞いてどんなにスマートな人だらうと内々期待して講堂に出てみると、もう好いかげんなをぢさん顔の人で（五十代であつたらうと思ふ）背があまり高くはなく、顔はどことなくロシヤ人のやうな厚みがあつた。講演なんぞしたところで十七八をかしらの女学生に分りつこないのだから、詩人は自作の詩を読んだ。私たちにわかるのは一節一節のをはりに「ハナガサイタ、ハナガサイタ」といふ日本の言葉だけであつた。猫に小判といつたやうに、もつたいないけれど何も分らなかつたが、それでも、今でもその「ハナガサイタ」を覚えてゐるのはふしぎである。やはり、詩人の好い言葉であつたのだらう。

詩人はずつと前に夫人を亡くして独身であつた。詩人の大家さんであるA家の令嬢に恋を感じて日本むすめの彼女を讃美する詩を書いたといふ評判だつたが、どんな詩であるか私たち子供はむろん知らなかつた。詩人がプロポーズしたといふ噂もほんのり聞いたけれど、A令嬢は現代の娘たちとはまるで違つてじつに落ちつき払つた美人であつたから、だれもその噂の真偽を伺ふことはしなかつた。彼女はその時分私と同じ学校の三つぐらゐ上の級であつたが、間もなくそこを止めて上野の音楽学校にかはつた。琴もピヤノもうまかつたが琴の方では作曲もした、後日結婚してから助教授になつて研究を続けてゐたが、夫が実業家としてだんだん多忙な生活をするやうになつて彼女も純粋な家庭人となつたやうに聞いてゐる。さて私のおもひでは軽井沢の豚料理や桃の砂糖漬から飛んで麻布の仕立屋にゆき、仕立屋のうしろの高台まで行つてくたびれたやうである。このつひでに山王様まで行くことにする。

詩人が来た頃よりずつと以前、まだ私が仕立屋のじまんの林檎をたべたり、氷川様の樹かげの茶店で涼みながら駄菓子のすだれやうかんを食べたりしてゐる時代、時たまはそこからずつと遠征して（妹や弟の婆やとお守りさんの同勢五人で）山王様へ遊びに行つたこともある。氷川様より遠方だし、どことなく封建制のきうくつな世界が子供心にも感じられて、私はあまり賛成ではなくても、毎日の氷川様の避暑に倦《あ》きて大人たちに誘ひ出されて行くのだつた。今の溜池のあの辺がずつとお池になつてゐて、(その泥水の池にはたぶん蓮が首を出してゐたやうに思ふのだが、はつきりしない)お舟で向うの岸まで渡して貰つた。それもたのしい冒険の一つで、それから麴町の方に向いた表門ではなく、赤坂に向いた裏門からのぼつて行つた。古びた丸木の段々の山みちを幾曲りもまがつてのぼると、上に茶店があつて遠目鏡をみせてくれた。その目鏡で私たちは向うの世界の赤坂や麻布の家々の屋根とその上の青い空も、白い夏雲も覗くことが出来た。それからお宮におさいせんを上げお辞儀をして、静かなつまらない神様だと思つた。お山じう遊んで歩いても氷川様よりは平地がすくないから落着かない感じだつた。星が岡茶寮のあの家がない時分、あそこはただ樹木だけの藪であつたのか、それとも宮司さんの住居があつたのか、何も覚えてゐない。いくつもの茶店のうちの一軒でお茶を飲みおだんごを食べる、婆やさんがおてうもくと呼んでゐる大きい銅貨を二つ三つ出してお菓子をいくつも買ひ、十銭位のお茶代を置いた。それは相当に使ひぶりの好いお客であつたのかもしれない。

帰りには歩きやすい広い段々を下りて表門の麴町の方の小路から帰つて来て泥水のお池のところまでくる。渡し賃を払つてお舟に乗ると船頭さんは棹《さお》をうんと突つぱりお舟が出る。ひろい池の向うの岸には大勢の客が舟の着くのを待つてゐて、そして泥水のそこいらじうに蓮の葉があつたやうに覚えてゐる。岸についてから、弟と妹は大人の背中があるけれど私だけはいやいやながら歩いて、今の黒田家の前あたりを通り、簞笥町から谷町をまがつて鹿島《かじま》といふ大きな酒屋の前から右へだらだら坂を上がり、麻布三河台のかどの私の家までたどるのである。ずゐぶんよく歩いたものだとをさないものの小さい足を今あはれに思ひやる。とほい過去はすべて美しく愉しく思ひ出されるといふけれど、私はその暑い日のどうにもならない暑さと倦怠、草臥《くたび》れて泣きたいやうな不愉快な気分、それを愉しさよりはずつとはつきり思ひ出す、子供の世界は、すくなくとも私には、決して愉快なものではない。ただ一つ、未知の世界に踏み入る一歩二歩に好奇心がむづむづ動いて、それだけが愉しかつた。

林檎のうた

麦の芽のいまだをさなき畑に向く八百屋の店は一ぱいの林檎
深山路のもみぢ葉よりも色ふかく店の林檎らくれなゐめざまし
立ちて見つつ愉しむ心反射して一つ一つの林檎のほほゑみ
みちのくの遠くの畑にみのりたる木の実のにほひ吾を包みぬ
手にとればうす黄のりんご香りたつ熟れみのりたる果物の息
すばらしき好運われに来し如し大きデリツシヤスを二つ買ひたり
宵浅くあかり明るき卓の上に皿のりんごはいきいきとある
わがいのる人に言はれぬ祈りなどしみじみ交る林檎のにほひ
人多く住みける家をおもひいづ林檎をもりし幾つもの皿
饗宴のをはりしあとの静かさに時計を聴きぬ電気《あかり》さやけく

菊池さんのおもひで

菊池寛さんが「忠直卿行状記」を書かれるより少し前だつたと思ふ、時事新報の文芸記者として、或る日私の大森の家にインタビューに来られた、ある日ではなく、或る夜だつた。アイルランド物の翻訳に私が夢中になつてゐる時分で、私の訳したものについて何か書いて下さるためだつた。電話もなく突然だつたので、ずゐぶんあわてた。ちやうど夕飯がすんだところで、その日はスキヤキをしたから家じう玄関の方まで葱の煮えたにほひが漂つてゐるらしいのをひどく恥づかしく思つた。スキヤキを食べたといつて恥ぢなくてもよいわけだけれど、私は葱のにほひがきらひで、いつもスキヤキの御馳走を歓迎しなかつた。しかし菊池さんのインタビューと片山のうちの夕飯とは何の関係もないことだから、まづ応接間に請じてお互に十年の友達のやうに話し合つた。菊池さんも大学の時分はたいそうアイルランド文学に興味を持たれて「新思潮」に戯曲の解説なぞ書かれた。その夜の話もむろんその方面の事で、どんな事を私が言つたか、長い時間の経つた今は何もおぼえてゐない、いろいろな話のあとで、取りとまらない事ばかり申上げましたが、どうぞ上手にお書きになつてと私が言ふと「いいです、うまく書きます」と愛想よく言はれた。菊池さんはその頃も、あとで偉くなられてからと同じ素朴なやうな豪放のやうな、そして大へんギヤラントな人柄であつた。一生を通じてあの方はいつも親切な、気持よく人の世話をする兄《あに》さんぶりで、それにいつも若々しい好奇心をいつぱい持つてをられる人だつた。

「奥さんは以前洋行されたんじやないですか？」といふやうなことから「私はひどく無精ですから、船に乗つたりして何処へゆく気もしません」と言ふと「僕は行つて来たいですね、ちよつとでよろしい、半年ぐらゐでも。僕たちの洋行は五千円もあれば、パリからロンドンまで行けますね。足りなくなつたらパリから帰つてくれば、それでもいいんです」とそれを愉しい夢のやうに言はれた。わかいその日の文学者はほんとうにその五千円を欲しいと思つてをられたやうだ。「男の方はようございますね、私も男ならきつと行きたいでせう」と私はため息をして、そして心の中では別の事を考へてゐた。私が考へてゐたのは、お金がほしい、たくさんお金が欲しい、自分がどこへも行かれない代りにかういふ熱心な文学者を世界じう歩かせて上げたいと、大へんせんえつな願ひであつたが、わかく純粋な心に考へてゐたのである。

玄関で別れる時、私はすつかり肩の張らないお客さんのやうに「さつき菊池さんがいらしつた時、うちじうスキヤキのにほひがしてゐたやうで、初めてのお客さんにすつかり恐縮してをりました」と言ふと、靴をはきながら「さうでしたか？　僕はさういふ事はあまり気がつかないんです」と言つて笑つてをられたけれど、小心な善良な私の心持をよくのみこんで下さつたらしい。その夜以来私は何かとすぐ菊池さんに相談をかけた、手紙や電話で。それはいつもアイルランド文学の事や翻訳のことだつた。菊池さんは何時も頼まれた以上にいろいろ世話をやいて下さつた。私は好運であつた。あそび半分のやうな私の仕事なぞ誰が読んでくれたらう。それは家庭の女の仕事に好奇心を持つ人もゐたかもしれないが、菊池さんが序文を書いて下さつたり出版書店の紹介をして下さつたりして、どうにか一冊一冊の本にすることが出来たのである。

小石川富坂上のお宅にも雑司が谷のお宅にも伺つたけれど、その後に私はどこか京橋辺の喫茶店の二階でお会ひしたことを覚えてゐる。やはり何か本のことであつた。衝立のそとにテイブルや椅子があつて、そこでお菓子とコーヒが出た。お別れしようとして立つたとき菊池さんが「ああ、さうだ、あなたに伺へばわかる。わかい女は、つまりお嬢さんは、夏羽織を着ますか？」と訊かれた。「着ません。あれは奥さんだけです。奥さんだつて着ない方がいいのでせうけれど」私が言ふと「あれは余計な物ですね。いま新聞に書いてる小説のお嬢さんに、羽織が入るかどうかと、ちよつと気になつたんです」と菊池さんが笑つて言はれた。それからもう一世紀の何分の一か過ぎて、終戦後は奥さんたちの羽織も完全にすたれた、そんなものを羽織つてゐると、斜陽といふ形容詞をかぶせられる世の中である。

最後にお訪ねしたのは文藝春秋社の二階で、下のグリルに下りてアイスクリームを頂きながらお話をした。この時は本のことでなく人事で、こみ入つたお話だつた。私は絽のひとへを着てゐたから、たぶん八月の末か九月であつたらう。その時ぐらゐからあと、私は文学夫人でなくなつて普通の家の主婦になつた。カタカナの文学はもうすつかりすたれて、それに大きくなつた息子と娘を持つてゐる主婦はペンに用がなくなり、ひどく生真面目みたいな顔で暮してゐた。時々、浜さくやローマイヤの食堂なぞでお会ひしたこともあるが、ただ目礼するくらゐになつた。私の遠慮であつたのか、それとも全然別世界の住人になつたためであつたか、菊池さんはさういふ風な考えかたをする人ではなかつたのだから、私自身の引込思案からそんな風になつたのだらうと思ふ。いま遠い昔のいろいろな事を思ひ出して、あの方の寛大な心に深くお礼をいひたい。この気もちが届くかどうかは分らないけれど、届けばうれしい。

軽井沢の夏と秋

三月二十四日にTが亡くなつた。その二日ばかり前に私は彼と会つて一時間ばかり話をした。その時も彼は空襲がだんだんひどくなるから母さんは早く軽井沢に行つた方がよろしい、自分たちもすぐあとから行くからと私を急《せ》かしてゐた。もし軽井沢から急に東京に帰れない場合は彼の妻の実家である岐阜県の大井町へ行ってみるつもりらしかつた。急に彼に死なれて私は疎開する気もなくなつたけれど、それから三月ばかり立つて六月中ばにやつとのこと軽井沢に出かけて行つた。

故郷を持たない人たち、つまり東京人種が無数に軽井沢にあつまつて来てゐた。別荘をもつてゐる人たちはその自分の家に住みついて、不自由ながらもどうにか夏の生活をはじめ、私たち宿屋組もいろいろの工夫をして、なるべくふだんの生活に近い暮しをしようとしてゐた。馬鈴薯や林檎を買ひ出しに行つたり、町のすみの店でこつそり紅茶をさがし出して来たり、すしやで売り出したカボチヤランチといふのを買ひしめて宿の女中さんたちに御馳走してみたり、その日その日はものを考へるひまもなく流れた。三度の食事をしてゐれば、ほかの不自由さはどうにか我慢ができた。インキがないから万年筆を持つて宿屋のお帳場に行つてインキを入れ、二階の奥の部屋まで帰つて来て手紙を書き、さて封筒がないから、またお勝手に御飯つぶをもらひに行つて不器用な手つきをして、ありあはせの紙で封筒みたいなものを張り、それからポストまで出かけて行く、こんなことも波の上の生活みたいに落ちつかない毎日の暮しの一部であつた。

六月末であつたか、駅の方まで用たしに行くとき、私は一人の立派な奥さんと道づれになつた。立派といふのは、東京に於ける過去の生活が立派であつたらうと思はせる人で、この日の奥さんは黒いモンペ姿で包を一つしよひ一つはぶらさげてゐた。彼女は三十と四十の中途ぐらゐの年頃に見えた。「信州はずゐぶんとぼしいところでございますね」と彼女が言つた。私は宿屋生活をしてゐるので、一週間に一度ぐらゐ田舎の買物に出れば、どうにか用が足りるといふ話をすると、彼女は溜息をして、一軒の家を持つてゐるととても大へんだと言つた。三笠の部落にゐるので、ついその二三日前に学校の先生の方からの知らせで、あがつまの野原にたくさん蕨《わらび》があるから父兄の人たちに採りにゆくやうにと言はれて、行つたさうである。(ある上流子弟の学校の父兄会のグループが団体で疎開してゐるらしかつた。)電車に乗つても時間のかかる所だから、蕨とりにそこまで出かけた人たちはごく少数で、それに先生が二人ほど案内係りで行つたらしいが、はてしもない高原にその僅かの人数が散らばつて蕨を採つてゐると、ひとりひとりが背負ひきれないやうに沢山とれた。初めにきめて置いたとほり駅にもどつて来てお弁当をたべようとすると、もう何時の間にか時間が経つてゐて、帰りに乗るはづであつた電車はあがつま駅を出てしまつた。奥さんたちも先生もどうすることも出来なかつた。それから何時間も駅にゐて、やうやく夕方の電車に乗つて夜になつて帰つて来たと話した。奥さんは悲しさうに笑つて「蕨のために、そんな心配をして、あれが食べられるかどうかもわかりませんのに、でも、昔の人は食べましたわねえ！」と言つて、彼女も私もむかし山の中で蕨だけしか食べないで飢え死んだ名士を同時に思ひ出したのであつた。二人とも情ない顔をして歩いて行つた。「奥さん、あまり御不自由のときには、町の方にいらしつてお訪ね下さい。すこし位は何かあるかもしれません……」と私は宿屋の名を言つて別れた。

亡夫の故郷である新潟の田舎に従弟がみそ醤油の商売をして繁昌してゐた。亡夫の父が東京に出てくる時に、自分の家敷とすこしばかりの金を弟にやつて分家させた、その叔父の長男である。彼はたびたび手紙をよこしたり、軽井沢にも訪ねて来て、平和になつて東京に帰れるのは何時の事か分らない。私たちの家は広いから隠居所をあけて待つてゐます、宿屋生活をきり上げて新潟の方にいらつしやいと言つてくれた。ほんとうに、その方が安全のやうに私にも思はれたが、夫の故郷に一度も行つたことのない身にとつては、わかい時から毎年来て住みなれた軽井沢を捨ててそちらに行くことは勇気の入ることであり、それにお金がなくなつた時、はるばる新潟から東京までお金を作りに出て来ることは相当な努力だつた。むかしから友だちつきあひをしてゐる宿屋の主人にも相談してみたが、来春まで今の儘《まま》でしんばうなさい。その時分になつたら、あるひは東京に帰れるかもしれません、もしもつと悪い状態になつたら、その時に新潟へ行らつしやい。地方の裕福な家庭の中に、たとへこんなあぶない世の中だとしても、御本家として乗り込むのは相当に骨がをれます。もう少し待つて御らんになる方がいいでせうと言つてくれた。

それで、いよいよの時まで延ばさうと思つたが、先方の親切に対しても何とかあいさつをしなければならないので、東京から軽井沢まで一しよに来て暮してゐた若い家政婦のKを代理に新潟まで使にゆかせることにした。軽井沢で手に入る少しばかりの土産と、私の冬の着物やシヨール浴衣なぞあちらに預かつて貰ふやうにと持たせて立たせた。

朝の八時何分かの汽車で立たせてしまふと、何か安心したやうな気持になつてふとんや毛布なぞ出して屋根の物干に上がつて乾した。私のゐる二階の部屋は奥座敷の上にたつた一間だけ建つてゐて、南と西は遠くまで見晴らせた。朝から夕方まで信濃の山々の山ひだがいろいろに変つて光るのを見るのも愉しかつた。朝の汽車で立たせたKが今ごろ何処まで行つたらうかと、まだ自分が行つたことのない駅の名など考へてみた。お一人でおさびしいでせうから、お夕食はお勝手にいらしつて、家《うち》のみんなと一しよに上がりませんかとお誘ひに来てくれたので、下に降りて家《うち》の人たちと食べた。部屋にもどると、もう日も暮れたので窓の戸を閉め、お茶を入れてゆつくり飲み、部屋のすみの肘かけ椅子を電燈の下まで持ち出して本を読んでゐた。一人のせゐかいつもよりもつと静かだつた。ちやうど九時ごろ私は本をわきに置いて、もう今ごろ彼女が亀田駅に着く時分だと思つた。さう思つてから私は眠つたつもりはなかつたが、椅子ですこし眠つたらしい。誰か側に来たので眼をあげて見た。Tが来たのだつた。いつでも週間の日に着てゐたねずみ色の服で、勤めの帰りに私の家に寄つて茶の間でお茶をのむ時のやうに、髪がすこし乱れて、ふだんの時のとほりに微笑して「母《かあ》さん、あのね、……ですよ」と言つた。彼は私の腰かけてゐる右手の横から出て来て私の正面に来たとき、さう言つた。この世にゐない人とも思はず私はそれに返事をして、何か一言いつた、その自分の声で眼をあけてTと眼を見合せた、その瞬間Tがすうつと右手にうごいた。その動いて行く姿がはつきり私の眼に見えて、私が首をそちらに曲げた時に彼は消えてしまつた。夢でなく、これはまぼろしである、私は彼とはつきり顔を見合せたのであつた。ああ、何の用だつたらう？　私が一人でゐる時に、何を知らせに来たのかしら？　体がふるえるやうな感じで、Tは別れても私のことを気にかけて始終心配してゐるのだ。何を知らせに来たのか？　時計を見るとまだ九時半をすこし過ぎたばかりだつた。

Tと別れてからちやうど五月ぐらゐ経つ。亡くなつたのが三月二十四日、けふは八月十日である。生きてゐた三月から今日までつづいてまだ彼は私のすぐ近辺にゐるのだつた。しかしその彼が何を言ひたくて来てくれたのだらう？　今日は私が一人であたりが静かになつてゐるせゐでもあるが、いま、この国に、私たちの身に一大変化が来るのだらうか？　それとも軽井沢に大きな危険が来るから私に逃げろとでも言ひに来たのかしら？　私はいろいろくり返して考へて見たけれど、何よりもまづ不断の彼の勤めがへりの無事な姿が目に浮いて、それに微笑をふくんだ愉しさうな調子が思ひ出された。あぶない時の知らせではない。それなら、何の知らせ？

考へぬいて私は階段を下り、いつも主人が宵のうち坐つてゐる茶の間に行つた。

「あのね、Fさん、いまTが私のところに来ましたよ。何か言ひかけたんですけど、私が何か言つた拍子にふいと消えてしまつたんです。何かの知らせに来たと思ふんで

用ですが、何でせう？」宿の主人も眼を大きくして「Tさんが！……それは何か急な御用ですね。何か変事があるのでせうか？　それとも、東京のお宅の事でせうか？」彼もTがまぼろしに来たことを疑はなかつた。しかし二人でどんなに考へても何の知らせに来たのかわからないから、明日まで待つてみようといふことになつた。

翌日Tが来た話を書いて速達をTの妻に出した。

八月十三日、一月おくれのおぼんで宿屋では亡くなつた仏たちの魂《たま》まつりをする飾りつけをした。私も自分の部屋の西の壁に添つた棚の上にTの写真をかざり、花とお茶を供へた。階下の部屋のH老夫人からお手製の菊の花のお菓子を贈られたので、これも供へた。じやがいもで造つた白とうす紅の大輪の菊がうつくしかつた。その菊は、ほとけもさぞ喜ぶだらうと思はれる美しい色だつた。

午前中Kが新潟から帰つて来た。白米、小豆、みそ、みそ漬といろんな土産を貰つて来たので、その晩彼女は小豆御飯をたいて仏に供へ私たちも頂いた。Tの来た話もして、何の用だらうかと話し合つた。

八月十五日、けふ午前中に天皇陛下御自身で一大事の御放送をなさるから、奥の広間のラヂオの前にあつまるやうにと言つて来た。日本がポツダム宣言を受け入れて降服したのだといふことが、そのラジオの陛下のお言葉よりも早く私たちに伝つて来てゐた。その時私は眼がひらかれたやうにTに向つて呼びかけた。「これでせう？　この知らせを持つて、もう心配するなと言ひに来たのでせう？」心でさう言ふと私は涙がはらはら流れ出した。私の身にとつての一大事、全日本人にとつての一大事、それを彼の霊も強く感じたので、早く知らせて喜ばせようと思つて、平和な時のやうな静かな声で私に呼びかけたのだつた。「ありがとう。あなたも安心して下さい。私たちの国はどうにか生き残るでせう。」私は棚の前に坐つてお香をたいた。Tの写真はわかい派手な顔をしてゐたが、私の心に映るのはそれより四五年もふけて渋い顔に微笑してゐる彼だつた。「戦争さへおしまひになれば、あたしもどうにか生きて行けるでせう。見てゐてね」彼の眼と私の心の眼がぴつたり合つて霊が握手したやうに思つた。

午前、御放送があつて後、みんなぼんやりしてゐた。泣く人もあり溜息をする人もあり、これからどうするの？　と言ふ人もあつたが、興奮する人はだれもゐなかつた。午後Tの妻から速達の返事が来た。すこしの時間のちがひで御放送より遅れて来たけれど、前日に彼女が知らせてくれた手紙で、彼女の兄が内閣に近い官吏なので、この降服の話は三四日前に彼女にうすうす聞えてゐたらしく「もう心配なさらないでも大丈夫ですと申上げようと思つて、それでもまだ言つては悪いのかと、ぐづぐづして遅くなりました。Tはお母さんにそれをお話に行つたのですね。どうぞ御安心なさつて。

もう火は降つて来ません」と書いてあつた。彼女はTがまぼろしに来たことを少しも不思議には思はないらしかつた。その夕方、宿の主人と私は茶の間でお茶を飲んだが、しづかな、がつかりした気持だつた。

東京にもう一度住めるやうになるかどうかもはつきり分らず八月と九月を過し、十月になつて私はいよいよ帰京する気もちになつた。新潟の従弟が軽井沢まで見舞に来てくれた。彼の親切に私はしみじみ礼を言つて、もし東京に住みにくいことがあれば今度こそは越後へまゐりますから、どうぞよろしくと頼んだ。

その頃になつて南瓜や甘藷がたくさん姿をあらはして私たちの食膳をゆたかにした。追分あたりからどんどん牛肉が来るやうになると、私はその肉を買つて東京の家の地主さんや親しい家に贈つたりした。

皇太后様がこの夏終戦ちよつと前から、峠道の近藤邸に御滞在になつていらしつた。戦争中は知事さんなぞがお見まひに出るだけで、まことに静かにしていらしつたが、秋になつてからは宮内大臣とか東京の貴婦人なぞが御機嫌伺ひに見えて、さういふ人たちがみんなこの宿屋に泊つてにぎやかになつた。皇太后様はお散歩にもお出にならず、ただ女官たちが馬車に乗つて買物に出かける姿を時々見かけた。みんなが喪服のやうな黒い服を着けて二頭立の馬車に五六人が乗つて、追分まで野菜を買ひに出かけるのを旧道から駅へ出る一ぽん道の中途で見たことがあつた。路傍にたつてその馬車をよけてゐた人たちも、何もいはずただ溜息をついた。自分たちばかりでなく、宮中の人たちまで寒く不自由らしいのをみんな一つ心に感じたのであらう。

峠の路へゆくと、いろいろなきのこがとれた。それまで私は山国の秋を知らなかつたので、街のすしやのをばさんに誘はれてきのこを探しに行くことが愉しかつた。ある日大小のいろんなきのこを籠に入れて帰つてくる道で、しろつぽい、まるい、きのことは少しちがふ形の物を見つけて「をばさん、これは何でせう？」とをばさんに渡さうとした。「あら、およしなさい、蛇の玉子ですよ」とをばさんが言つたので、私は投げ捨てるのも悪いやうな怖いやうな気もちで、もとの枯草のかげにまた置いた。東京そだちの私は一生に初めて蛇の玉子を見て奇妙な心もちがした。このまるい小さい殻の中で蛇が今そだつてゐる！

十月のごく末になつて軽井沢を立つて来た。以前のうつくしさはなく荒れ果てた軽井沢ではあつたが、その朝の浅間山はしづかな平和な姿を見せてゐた。煙はみえなかつた。その山の姿につながりがあつたかどうかわからないが、私はTのことを心に思つた。もう一度彼が私に見える日があるかしら？　もう一度会へる。たぶん私が死ぬ日のじき前に会へる。さう思ふと、私はたいへんに頼もしい気もちになつた。

九月　美を夢みる

仔猫の「トラ」

トラ子はもみの頸輪《くびわ》をして、庭のいてふの樹を駈けあがりかけ下りたりしてゐる。トラ子の木のぼりは彼唯一の芸で、私たちをたのしませるために一日に一二度はやつて見せる。トラ子といふのは今年の六月生れの、ほんとうは雄猫《おすねこ》である。はじめ隣家にもらはれて来たが、そこには犬と二匹の仔豚がゐて、おさない猫の心にも怖くて落ちつかないらしく、私の家に来ては食事をねだつてゐた。物をたべさせるとそこに住みつくといふから、隣家に義理を立ててほんの少しの物しか食べさせず、来れば庭に追ひ出すやうにしてゐると、その後来なくなつてどこかに拾はれたらしく、二週間もたつて見た時には、赤い頸輪をして何か忙がしさうに庭を横ぎつてゆくところだつた。トラ子と呼ぶと、どきんとしたやうにあわてて逃げたが、すぐまた思ひ返して、ここの家にも一飯の義理があると思つたらしく、すぐにお勝手から上つて来て、いつもどほりに鳴いて何かねだつた。彼は虎毛の黒つぽい顔をしてゐるのに、その時はさも赤面したやうにはづかしさうな愛嬌を顔いつぱい見せてゐた。

　隔日ぐらゐに来ておひるを食べて庭で遊んで夕がた帰つてゆく。雨のふる朝来たとき、頸輪がひどく汚れてゐたから、それをはづしてやると、また新しい紅絹の頸輪で次の日に現はれた。トラは大事にされてゐるな、真あたらしい紅絹だから、わかい令嬢のゐる家だらうと思つてみた。カステラやイモが好きなので、をんな猫のやうな錯覚を感じて「トラ子」とよび慣れてしまつた。けふもまた何かねだるのだらう。

　過去に私はトラ子によく似た仔猫を知つてゐた。やはり黒の勝つた虎毛で尾がまるく長く、金いろの丸い眼をもつてゐた。猫を愛する夫人が八匹ほど育ててゐて、その中の一ばん可愛いやつだつた。夫人はその猫を「ニトラ・マルメ」と名づけた。故人となられた新渡戸博士の家にゐたスペイン猫の子供だつたから、姓は「ニトラ」眼がまるいから「マルメ」といふ名であつた。夫人は教養たかいアメリカ婦人で、猫たちにも詩的なのや、しやれた名をつけた。庭に迷ひこんで来たキジ猫を「キシロ」といひ、赤猫は「アカ」で、白猫は「マシロ」、赤猫の子どもを「コアカ」といふやうに。そのほかに鼈甲のやうな黒と黄いろのまだらの猫で「ベツコ」といふのもゐた。夫人が母君のお見舞にアメリカに帰られたついでにペルシヤ猫を買つて来られた。「ブリユ・クラウド」つまり「青い雲」といふ名で、青黒い毛のすばらしい大猫だつた。

夫人は、大谷大学の教授鈴木大拙博士の夫人ビアトリス女史で、もう今は世に亡いかたである。私は夫人に厚いお世話になつた。アイルランド文学の本がたくさん丸善に来てゐるから、読んでみては？　とすすめて下さつたのも夫人であつた。大拙博士もその頃はおわかくて、お茶を一しよに上がりながら、片山さん、また猫が二ひきふえましたよと、猫の噂をなさつた。温かい思ひ出である。その過去からいま「トラ子」が使に来たやうな気がする。

大へび小へび

日本では蛇の昔ばなしがたくさんあるが、アイルランドの伝説にも蛇が多いやうである。同じやうに島国のせゐかもしれない。初めに私が読んだのはごく太古のこと、北方の山の湖水に劫《ごふ》を経た大蛇が、将来えらい人がこの国に来て蛇族全部を退治してしまふといふ予言をきいたので、さういふ災禍の来ない前に海に逃げてしまはうと思つて、一生けんめいに湖水から逃げ路《みち》を作り始める。行くみちみちで沿岸の家畜どもを喰ひ荒し、時々休息し、さうして又水路を掘る。いさましい人間どもが大蛇を攻撃してくるが、いつも人間の方が負けてしまふ。しかし大蛇も負傷したり殺されかかつたりして、永い月日を経て漸《やうや》く海まで水路を通《とほ》す。大蛇の作つた路がシヤノン河になつたといふ話である。

そのえらい人といふのは聖《セント》パトリックのことださうで、さて聖《セント》パトリックの伝には、この聖者はローマの奴隷として少年の日を過したアイルランドを愛する心深く、自由の身となつて後ふたたびアイルランドに渡つてキリストの道を伝へたといふ事である。キリスト紀元五世紀ごろのこと、波にかこまれた島国は森と山と野はらと沼ばかりで住む人はすくなく、至るところに蛇がのさばつて、大きい蛇小さい蛇、中蛇、おろちの類までこの国を住家にしてゐた。聖者は一人の弟子と共にいろいろな困難と戦ひながら休むひまなく西に東に伝道してゐる時のこと、或る山かげのせまい道を通りかかると、道に蛇が寝てゐたが、めづらしくもないので弟子は跨《また》いで通つた。蛇は忽《たちま》ちをどり上がつて弟子を喰ひ殺してしまつた。聖者は、聖者といへども人間だから、この時までうつかり歩いてゐたのだつたが、大事な弟子を眼前に喰はれて、大いに怒つて「けしからん蛇のやつ！　退れ、退れ、汝のともがら、永久に消滅せよ」と叱りつけた。その殺人蛇はその時いそいでするすると消えてしまつたが、あらゆる蛇どもがこの時をきつかけに段々どこかに移転して行つたらしく、アイルランドはいつの間にか蛇の島ではなくなつた。むろん聖者の伝道のおかげでもあつたらう。（キリスト教と蛇とは仲がよくない）ドラゴンを踏まへてゐるのはイギリスの聖《セント》ジヨージで、アイルランドの聖《セント》パトリツクでないことは門《かど》ちがひみたいだけれど、大むかしはどこの国でも蛇が人間の大敵であつたと見える。

後世になつてアイルランドの伝説には蛇でなく妖精《フエヤリイ》が出てくるやうになり、お話はだんだん殺伐でなくなつた。人間も殖《ふ》えて強くなつたのであらう。

わが国の蛇の話も、はじめの方のは大きい。素戔嗚《すさのを》の尊《みこと》が稲田姫を八岐《やまた》の大蛇《おろち》から救つた話はどこの国にもありさうな伝説である。その大蛇は頭と尾がおのおの八つあり、背中には松や柏が生へて体ぜんたいの長さが八丘《やおか》八谷《やたに》に這ひ渡つたといふから、相当の長さであつたと思はれる。ほんとうにそんな大きい物ならば稲田姫のおとうさんの家などにはいり込むことは出来なかつたらう、それが伝説なのである。

崇神天皇の御代、倭迹迹《やまとと》姫《ひめ》の夫となつた大物主の神は或るとき姫の櫛ばこの中に隠れた。あけがたに姫が櫛ばこを開けてみると、にしき色に光る小さい小さい蛇がゐたといふ、これはすぐれて聡明な人間のむすめと神とのあひだの悲劇で、日本書紀も姫に同情してゐるやうに読まれる。

仁徳天皇の御代、北方の蝦夷《えみし》らが叛《そむ》いた時、上野《こうづけ》の勇将田道《たぢ》を大将として征伐させたが、その時の蝦夷《えみし》はひどく強く、田道は石の巻の港で戦死してしまつた。田道の家来が主人の手纏《たまき》を取つて田道の妻に持つてゆくと、妻はその形見を胸に抱いて自殺し、この夫妻の死はひろく世間から惜しまれ手厚く葬られた。その後しばらく経つてまた蝦夷《えみし》が攻め込んで来て田道の墓を掘りかへした。すると墓から大蛇が出て来て多勢の敵をくひ殺した。喰はれなかつた奴らもみんな蛇の毒気にあたつて死んだ。石の巻の町に入るすぐ手前の畑に今でも「蛇田」といふ名所がある。「……五十八年の夏五月《さつき》、荒陵《あらはか》の松林《まつばやし》の南の道にあたりて、忽《たちまち》に二本《ふたもと》の櫪木《くぬぎ》生ひ、路をはさみて末合ひたりき」と本に書いてある。それは田道が死んでから三年目の事であつたが、昭和の御代の或る年、私は仙台にゐた娘を訪ねて、松島から石の巻に遊びに行つた時、「蛇田」の中ほどに今でも一むらの松林があつて、田道の墓がそこにあるのを見た。これは大きい悪い蛇の話。

人間がだんだん殖えて世の中が賑やかになると、歴史のおもてに蛇が出なくなつたやうだ。藤原の道長が栄華の絶頂にゐた時分のこと、大和の国から御機嫌伺ひとしてみごとな瓜をささげて来た。夏のゆふ方で、道長は「ほう、うまさうな瓜だな!」とその進物の籠をながめてゐた。そのとき御前に安倍晴明と源頼光が出仕してゐたが、安倍晴明は眉をひそめて「殿、ただいまこのお座敷には妖気が満ちてをります。この籠の瓜が怪しく思はれます」と眼に見るやうに言つた。すると頼光《らいこう》がいきなり刀を抜いてその瓜を真二つに切つた。瓜の中に小さい蛇が輪を巻いてかくれてゐた。これは殿を恨むものの思ひが蛇となつてその瓜にこもつてゐたのだといふ話であるけれど、加工品の中に蛇を隠し込むのとは違つて、瓜の中に初めから蛇の卵がひそんでゐて瓜と一しよに育つたと考へてみれば、それはやつぱり陰陽師安倍晴明が言つたとほり妖しい瓜であつたのだらう。これはごく小さい蛇。

まだわかい北條時政が江の島の岩屋に参籠した満願の夜に岩屋のぬしの蛇が現はれた。その時蛇体ではなく美しい女性の姿にみえた蛇は人間の言葉で時政に未来の事を話した。まぼろしが覚めた時、その女性が立つてゐた辺に三片のうろこが落ちて光つてゐたといふ話で、これは少しも怖くはなく、頼もしい美しい、古い伝説風でもある。

わが国の田舎には蛇のたたりの物すごい話が沢山あつて、それはみんな邪悪な気味のわるいものばかりで、歴史に出た表向きの蛇たちのさつそうとした行動とは大きなへだたりがある。古いむかしの蛇たちは同じ蛇族の中の英雄であつたと思はれる。

もつと世界的な話ではイヴが見た蛇。神はイデンの園のどの樹の実をたべてもよろしいが、たつた一本だけ、その実をたべるべからずとおつしやつた。アダムとイヴの二人は正直にその命令を守つてゐたとき、蛇が出て来てイヴを誘惑してその禁断の樹の実を食べさせたのである。聖書にはその物語がこまごま述べてあるけれど、蛇については「神の造りたまひし野の生物《いきもの》の中に蛇がもつとも狡猾《さか》し」とあるだけで、蛇の大きさは何とも書いてない。常識で考へて素戔嗚の尊の退治した大蛇のやうなものではなく、草原の上にすべり出て女と話をするのにちやうどつり合ひのとれた小蛇のやや大きいのであつたかと思はれる。しかし大小はともあれ、どんな大むかしでも、蛇は今日と同じくによろによろしてゐたに違ひない。女が気持よくそんな物と話をしたといふのが不思議である。さうするとイデンの蛇は無形の物で、イヴの頭の中にだけ見えたのかもしれない。イヴはその頭の中の蛇といろんな問答をして、樹の実を食べる決心をしたと考へてみれば、かなり素ばらしい生意気な女であつたやうで、それがわれわれ女性みんなの先祖であつた。

遠い国の蛇や、古い古い蛇はさておき、私の家の蛇を思ひ出すと、今はもうかなりの過去になる。大森の家はずつと以前は畑であつて、十軒ぐらゐの農家がその辺に家を構へた、そのうちの主人がよその土地に移つた一軒の家を改築して私たちの家としたのである。相当のひろさの地所で、道路に添うた三方の境には古い欅《けやき》と榛《はしばみ》の樹が農家らしく立つてゐた。十年ぐらゐ経つて主人が亡くなり、私と二人の子供だけ住むのには広すぎる家であつたが、引越すことのきらひな私は何時までもそこにゐた。その時分のこと、大きな蛇が塀ぎはの欅から欅に伝はつて歩くのを往来の人たちがよく見るやうになつた。あれは片山さんとこのヌシらしい、そつとして置けと近所の人たちは子供が石を投げるのを叱つて止めた。門側の垣根で、住居にはうしろだつたから私たちはその蛇を見なかつた。しかし或時それを見た、一本の樹から隣りの樹に這ひつたはる姿はひどく長いものだつた。一ばん大きな欅にうろがあつて、その中に住んでゐるのだらうといふことだつたが、植木屋が刈込みの時しらべて見ても何もゐないと言つた。あの蛇はもう死んだのだらうと私たちが思つてゐると、その後一二年して門のそばの小さい冬青《そよご》の木に一ぴきの小蛇がぶらさがつてゐた。これはたぶんヌシの子よと、みんなできめて、そうつと触らずに置いた。時をり小蛇はその辺に見えてゐたらしいが、誰も気にもとめず、そんな事はすつかり忘れて静かな月日が過ぎた後、戦争が始まつた。

まだ私は古い家を捨てて疎開しようとも考へてゐない時分、晴れた九月の朝だつた、茶の間と居間との前の芝生に一ぴきの蛇がだらんとのびて寝てゐた。中へびであつた。死んでゐるらしいと、東北の農村そだちの女中は棒をもつて来てそれを引つかけようとした時だつた、蛇はいきなり頭を上げて六尺ばかり跳び上がり、すつと身をうねらしてきらきら光つて芝の上を走りはじめた。すばらしい早さで私たちの眼の前を滑り忽ちのうちに陰の方にかくれて行つた。生きてゐたのね！　どうしてこんな明るい芝の上に寝てゐたのかと、私たちは話し合つた。いつぞやの小蛇が育つたのでせうと女中は言つた。さうすると、あれは家《うち》のヌシなのねと、私は奇妙な気もちになつた。家に何か変つた事が起るときヌシが現はれるといふ言ひつたへを信じるともなく私は信じてゐたらしく、そんな話を電話で息子の家に話した、新井宿の家に何か変つたことがあるのかもしれないと私は言つたけれど、若い人たちは、そんな事ないでせうと年寄の心を安心させようとした。

昭和十九年の初夏、蛇の事なんぞもうすつかり忘れてしまふほど忙しく、私は井の頭線の浜田山に疎開して来たが、そのあと私たちが長く住みふるした家は強制疎開でこわされて今は畑となつてゐる。いまになつて考へると、正しくあのヌシが私の家の消長の姿を教へに来たのであつたらう。勁《つよ》いながい姿がすうつと庭をはしつたその朝のことが、めざましくはつきり思ひ出される。ヌシは、畑となつたあの広い空地のどこかに今もゐるのだらうか？　ふしぎに私はその蛇に少しの気味わるさも感じない。むしろ恋しいくらゐにそのほそい銀の形をおもひ浮べる。

あけび

隣家の庭に初めてあけびが生《な》つたからと沢山わけていただいた。私といつしよに暮してゐる山形生れのHは、かねてからあけびは実よりも皮の方がおいしい、皮を四五日かげぼしにしてから細かくきざんで油でいためたのを醤油でゆつくり煮しめて食べるのだといふことをしきりに言つてゐたから、すぐにその料理を作つてもらつた。じつに珍味であつた。ほろにがく、甘く、やはらかく、たべてゐるうちに山や渓《たに》の空気を感じた。

茘枝《れいし》をいためて煮つけたのも甘くほろにがく、やはらかく、そしてもつとふくざつな味で、多少中国料理の感じでもあつた。あの赤黄いろい、ぎざぎざした形からわが国の物らしくは見えず南国の産らしい。母はとてもその茘枝《れいし》の料理が好きであつた。私が大森に住むやうになつてからも時々こしらへたけれど、家の人たちがにがい物を好まないやうで、私ひとりが食べた。この何年にも、どこの垣根にも茘枝《れいし》の生つてゐるのを見たことがない。今、あけびの油いためを食べてみると、昔の夏の茘枝《れいし》を思ひ出す。

蕗《ふき》のとうもやはりほろにがい、にがみをいへば、これが一ばんにがい。蕗のとうだけは油でいためない、すこし砂糖を入れて佃煮よりはややうす味に煮つける、無類に雅な味はひである。わかい時分に蕗のとうの好ききらひをみんなで話しあつたとき「根性の悪い人が蕗のとうを好きなんでせう」と或る江戸つ子の友達が言つた。「それでも、私みたいに善良な人間でも、蕗のとうが好きよ」と言ふと「それは例外よ」彼女は事もなく言つたけれど、しかし考へてみると、根性は悪くはないのだが、私はずゐぶん気むづかしい人間だから彼女の言葉が本当なのかもしれない。ずつと以前、池上の山ちかくに尼寺があつて、その庭が蕗で一ぱいで、春は蕗のとうが白々と見えてゐた。散歩しながら垣根の中をのぞいて、きつと、ここの尼さんたちは毎日蕗や蕗のとうを食べるのだらうと思つたりした。もう何年かあの辺を歩かない。あの尼寺はあつても、庭はあつても、蕗が生へてゐないかもしれない。

うこぎの新芽もおいしいさうである。うこぎ（五加木）は灌木で、生垣なぞにも使はれてゐるといふ。たぶん武蔵野も北寄りのこの辺はさういふ山の木があるに違ひないけれど、私はまだ見てゐない。むろん食べたこともないが、夏山のうつくしい香りがしてほんのりにがいもので、胡麻あへにするとおいしいさうである。うこぎのやうににがみはないが、くこの葉も好いにほひがして、まぜ御飯にするとおいしい。これは醬油でなく塩味だと白と青の色がきれいに見える。むかし私が生れて育つた麻布の家の北向きの崖には垣根といふほどでなく、くこの灌木がいつぱい繁つてゐて、夕御飯のためにみんなで摘んだのを今も愉しくおもひ出す。赤い実がきれいであつたが、どんな味がしたか覚えてゐない。

山うども清々しい苦みがあつて山の香りが強い。おいしい煮物であり、和へものでもあるが、畑のものは山うどのやうに細かな濃厚な味がない。朝の食事にパンをたべる人がうどを皮をむいてタテに割つて生のまま塩をつけて食べる時ほんとうに春の味がするといふ。うどに生椎茸とむつの子のうま煮を白い白い御飯と食べたのは春や昔のことである。

山の草や野菜ではないけれど、毎日いただくお茶は香りとにがみを頂くのである。おうすにしろお濃い茶にしろ、あの甘いにほひとにがみがなかつたら、茶道なんてものはないのだらう。ほうじ茶やばん茶、これは香ばしいだけでにがみがない、ずゐぶん間がぬけてゐるやうでも、それはそれで、温かい香ばしい飲物である。コーヒーのやうな強烈な香りの飲物を毎日いただく余裕のない時や胃の弱いときに、コーヒーの身がはりにほうじ茶を濃く熱く煮出して飲むと、ほんの少しだけ咽《のど》のどこかの感じがたのしくされる。たいそうほうじ茶とばん茶の悪口をいふやうだけれど、出からしのおせん茶のなまぬるいのを飲むよりどんなにおいしいか分らない。これはやはり贅沢な関東人の智慧が考へ出したものに違ひない。地方の質素な古風な家庭で育つた人なぞはお客さんの咽の感じなぞを考へることは教へられてゐないで、その生ぬるい薄いおせん茶を何度でも何度でも注いで出す。お茶を出すといふことが昔から日本人のホスピタリティであつて、奥さんみづからが立派な古めいたきうすに銀びんのお湯を注いで替へてくれるお茶は大へんなホスピタリティにちがひない。おせん茶の法式がどんなものか知らないが、出からしはたしかに本当の式ではないだらう。世の中すべてアプレになつてこの頃はそんな念入りな接待法がなくなつたことは嬉しい。こんなぐちを長く言つてしまつたのは、たぶん私の苦い思ひ出の一つなのだらう。

あるアメリカ夫人が私たちお弟子をランチに招んだ時、ざぼんをガラス皿にほごして白砂糖と葡萄酒をかけて、前菜の代りに出された。甘くにがい味、葡萄酒と木の実の強い香りがさやかに食卓に流れてゐた。何時のことであつたらうか、ほのぼのと思ひ出す。

茄子畑

はがきを出さうと思つて、畑道を通つて駅前のポストの方に歩いて行つた。まだこの辺は家が二三軒建つただけで以前のままの畑である。夕日が真紅く空をそめて、高井戸駅の方から上り電車が走つてくる音がする。いつも通るうら道なのだが、今日はどうしたはづみか五年前のある夕方を思ひ出してしまつた。

昭和二十一年ごろの初秋であつたらうか、茄子の畑の出来事である。まだ今のやうに物資が出そろはず、たべることのためにみんなが苦労してゐる時で、疎開先から帰つて来た人たちは殊にひどいやうであつた。その夕方ちやうどこの畑を通りかかると、何か大きな声で誰かが怒鳴つてゐるので、私はびつくりして立ちどまつた。どなつてゐるのは背の高い青年で、その茄子畑の持主のこの辺で裕福な農家の息子であつた。

「年寄だつて、人を馬鹿にしてゐやがる！　食べる物がないからつて黙つて畑の物を持つてゆかれてどうなると思ふ。おれのとこだつて働いて食つてるんだ。疎開して畑荒しをおぼえて来たんだらう。もう一度来ないやうに、なぐつてやる。出て来い」と彼は怒りきつてゐたが、相手は決して出て来なかつた。茄子の畑にうづくまつて何も言はず下を向いてゐるのは年寄の女の人で（私よりはわかいと見えた）大島のモンペをはき、少しくたびれた黒ちりめんの羽織を着て、ゆうぜん更紗の買物袋を両手に押へてしやがんでゐた。その袋の中にこの騒ぎの原因がひそんでゐるのだが、彼女はそれを押へたまま動かうとしなかつた。それは愉快な景色ではないから私は急いで通り過ぎようとして、思はず青年と眼を合せた。彼は怖い顔をしてゐた。「あなた、上げてしまつて下さいな」と私は小さい声で言つて軽くお辞儀をして歩き出した。青年はもう一度声を張り上げて「さつさと帰つてくれ」と言つてるのが聞えた。彼は口では何と怒鳴つても年寄の女をなぐることの出来ない内心はギヤラントの紳士なのだ。

ポストの用をすませてから小さい買物をして、もう一度その畑道を通つてみた。好奇心である。女の人はもうゐないで、青年が茄子のとなりの畑で働いてゐた。「先ほどは、おせつかいをして、すみません」と私は声をかけた。彼はにが笑ひして「いやあ、おれはああいふのが苦手でね。何も盗つた覚えがないと言ふんだ。それじや、ひとの畑で何をしてゐたんだと言ふと、草臥《くたび》れたから休んでゐたんだとさ。早く帰つてくれと言つたら、いはれないでも帰ります。こんなに恥をかいて……と、えばつて帰つて行つた。三つだけ茄子を落して行つたよ。手ばしつこいね。疎開でまんびきを習つて来たんだらう」と彼は憎らしいやうに言つた。
「ほんとに好《い》い色の茄子ですねえ。すこし売つて頂かうかしら？」と言ふと「五つや六つなら上げるよ、買はないでも」「さう？　ありがとう。じや何か入物をもつて来て……」と私は何の皮肉も考へず言つたけれど、彼はあはあは笑ひ出した。「それがいい、それがいい、あははは」と不愉快な気分をすつかり散らばすやうに笑つてゐた。

　あの女の人が怒鳴られながら畑にうづくまつてゐた姿が目に浮んで、私は笑ふきもちがしなかつた。彼女はかういふ事をすこしづつすこしづつ習ひ覚えて、それまでにはいろいろな苦しい事もひもじいことも通り過ぎて東京に帰つて来たのだらう。私はあはれな暮しをしてゐても、まだひもじさを知らないので、あの人に石を投げる資格は持たないと思つた。五年経つて、同じ畑道でそんな事を思ひ出してゐた。春三月のすばらしい麦畑である。あの時分より私はもつとともしく暮してゐる。それでもまだひもじさは知らない。もう一度戦争があつてそれでも死なず生きてゐたら、あるひは私もひとの畑に踏み入るかも知れない。

十月　溜息する

よめいり荷物

今から四十年あるひは五十年ぐらゐ前の嫁入支度はたいてい千五百円から二千円ぐらゐの金で充分間に合つたのである。その二千円を今の金に計算してみるとかなりの物かも知れないが、とにかく娘が三人あつたとして、二千円づつ六千円ぐらゐならば、親たちもどうにか出すことが出来たらしい。

およめさんの荷物は、民間では、五荷《か》の荷物がごく普通であつた。三荷《か》では少しさびしく、七荷《か》ではちいつとばかり贅沢だつたが、だいじな一人娘なぞには親がきばつて七荷にすることが多かつた。三荷の荷物では、油単《ゆたん》をかけた箪笥《たんす》一つ、吊台二つ。一つの方の吊台には夜具二人前を入れたもえぎ唐草の風呂敷づつみ、座ぶとん五枚、行李《こうり》二つ位、もう一つの吊台には机や鏡台その他身のまはりの小物をのせる、これは沢山の物があるほどお嫁さんは調法するが、親の方が痛いから、まづ間にあへばよろしいといふところ。五荷の荷物だと、油単をかけた箪笥二つ、長持一つ、吊台二つである。長持には夫婦揃の夏冬の夜具、座ぶとん、夫婦用と客用の枕、蚊帳、たんぜん二人分が入れられる。吊台には机、本箱、鏡台、姿見、針箱、くけ台、衣桁《いこう》、下駄箱、えもん竹、日がさ、雨傘、洗面器、物さし、裁ち板、張板、火のし、鏝《こて》、たらひ二つ、（重なるように大小の物）めざまし時計、大小のお重箱、硯《すずり》ばこ、そろばん、膳椀、茶碗、湯のみ、お勝手用皿の大小、手あぶり火鉢二個（長火鉢は花婿の家で買つたのではなかつたかしら、今思ひ出せない）このほかカバンと行李もある。これだけだと一つの吊台にはのせきれないから、もう一つの方の台にはみ出すかもしれない。しかしそちらの吊台には、松竹梅のかざりのついたお祝ひ品が山のやうに載せられるから、そちらも一ぱいになる。二つの吊台にこれだけ載せるのは中々な骨折である。衣類をすこし余計持つてゐる娘はとても二つの箪笥では入れきれないから、不断着の箪笥をあとから送ることもある。当日の荷物に箪笥の数を多くすれば、五荷《か》では間に合はず七荷になるから、それだけかつぐ人間の数も増える、それであとから送るといふやうな智慧を出すこともあつて、そんな智慧は大てい仲人が考へ出すことになつてゐた。

七荷の荷物だとずつとゆつくり荷物がはいつた。箪笥三棹《さお》、長持二つ、吊台二つであるが、この場合長持一つで、吊台を三つにする人もあつた。琴、三味線もむろんこの吊台にのせる。花聟《はなむこ》の家がせまい場合には長持を二つ置くだけの場席がないから、広すぎる古い家庭でない限り、花聟の家の方でたいていは二つの長持は辞退するのが多かつた。一つの長持でも、新婚の小さい家では、長持が玄関に置かれてひどくきうくつに見えることが多かつた。

七荷の荷物までは普通の嫁入り荷物であつたが、貴族とか大店《おほだな》のお嬢さんのよめいり荷物は、十三荷があたり前の事になつてゐた。（九荷といふ荷物はなかつた。九《く》は苦《く》に通じるから嫌はれたらしい。十一荷では少しはんぱの数だから十三と極めたのであらう。西洋風に勘定すれば十一の方が十三よりは数がよろしいけれど、昔はそんな事は知らなかつた）さういふ大騒ぎをする嫁入りは仲人も大てい二組あつて、おもて向きのお席に坐る仲人と、事務の仲人、どちらも必要である。

さて、簞笥の中身について探つてみると、先《ま》づ夏冬の礼服、それに伴ふじゆばん、帯、小物、喪服と黒い帯、（この中には式当日の振袖、長襦袢、丸帯、白襟、帯止等は入れてない）それから訪問に着るお召《めし》か小紋の類すくなくとも六七枚、夏のひとへ物、ちりめんと絽ちりめん四五枚、絽の中形、明石とすきやのうす物四五枚、麻のかたびら、長襦袢は絽ちりめんと平絽と麻とそれぞれ数枚、夏帯は丸帯、はら合せ帯、博多のしんなし帯なぞ、まだ単帯《ひとえおび》やなごや帯は東京にはやつてゐない時分である。羽織は黒紋付、うす色の紋付、小紋の大柄も小柄も。絵羽《えば》の羽織はそれからずつと後のものだつた。大島の着物と羽織。これらはすべて新調の品で、そのほかに今まで着なれた物、紫の矢がすりと不断着の銘仙やお召の羽織なぞ相当の数になつた。帯どめは金具つきの物、うちひも、しぼりの丸ぐけ、桃色や濃いあさぎの丸ぐけ。半襟はその頃はまだ無地のちりめんは、少女用の緋ぢりめん桃いろちりめんのほかはなく、みんな多少とも刺繍がしてあり、白襟にまでぬひがあつた。コートはまだ毛おりの物はなく、お召の無地や絞柄のもの、あづまコートと言つたのである。足袋《たび》は地方の裕福な家では二十年分ぐらゐは持たせたさうであるが、東京の普通の娘たちはよそゆき十足位、ふだんの十足も持たせればよい、ふだんのはキヤリコでなく木綿の生地であつたやうに覚えてゐる。肌着とお腰、ネルお腰、今も昔も人間にもつとも必要な品で、親切な母親ほどたくさんの数を持たせた。それから手拭五六本、タオル二三枚、出入りの人たちに時々出す手拭は十枚分を一反に巻いたのが三巻もあれば充分である。それに、箪笥の中に入れるのを忘れたが、浴衣五六枚、紺がすり二枚、ちぢみ中形五六枚位は欲しかつた。お重かけは大小とも入用、ちりめんの風呂敷三枚位、ふだん用のメリンスの物三枚ほど、お勝手用木綿の物大小と、四布と五布の木綿風呂敷二三枚。紙は半紙、糊入、封筒、巻紙、花紙、すこし持たせてもかさばる物、そのほかの小物となれば数限りなく、細かく考へるとどうしても七荷のお荷物になるから、考へない方が無事なのである。以上は簞笥の中や小抽斗《こひきだし》の中だけで、鏡台の中の櫛道具、油、香水、化粧品いろいろと石けん、針ばこの中の針、糸、へら、鋏《はさみ》、硯箱の中の筆や墨、そんな事を心配してゐると、頭が熱くなる。

かうして書きつけるとひどくかさばるけれど、昔の母親たちはみんな心がけて娘の着物や小物類は三年も五年もの時間をかけて揃へる、そして嫁入りの時には礼服やよそゆきの好い着物、諸道具だけ買へば間に合つたのである。そんなわけで、むかし嫁に行つた人たちは先づすくなくとも此処《ここ》に書いたお荷物の半分か三分の二ぐらゐは持たせられたのだ。私のやうな昔の人間の手もとにも今大きい鋏と爪きり鋏、そろばんや物差、火のし、鏝ぐらゐは残つてゐるが、電気ごてやアイロンの現代には、古い火のしなぞ何処かに隠れてしまつた。物は割合に長くきずつかずに残つてゐるけれど、それらの持主のむかしの嫁たちは長い年月のうちに死ぬものもあり、体も心も疲れ弱つたもの、あるひは大そう利口になつたもの、心のひねくれたもの、又のびのびと素直に老年になつたものや、いろいろである。両親や仲人たちは若い時だけの相談相手で、その後の彼女のためには良人《おっと》と子供たち、それに良人の働いてゐる世界とが彼女をとり巻くのである。もう今では日本の花嫁たちは七荷や十三荷の荷物は入らない。

たつた一部屋や二部屋の生活では一つの洋服箪笥と机本箱が並べられるかどうかも疑問である。花嫁はただ健康と知性と真実心と、それに或る日の予備にすこしのお小づかひを持つて行つてほしい。しかし予備になんて言ふことは昔の人の考へることで、さういふのが老婆心といふのであらう。お小づかひがなければ共かせぎをすればよろしい。

「子猫ノハナシ」

明治の末頃、田辺和気子《わけ》といふ有名なお茶の先生があつた。その田辺先生に私は二年ぐらゐお茶を教へていただいた。先生はお花も教へてをられ、金曜日には先生のあまり広くないお宅は花屋から持ちこむお花で、お座敷も椽側もいつぱいになつた。お流儀花の池の坊であつたが、ほんとうはお茶のついでに教へられたので、まづお嫁入り前のお稽古花のやうであつた。

先生のお家は麴町の屋敷町の中に置き忘れられたやうな古いちひさい家で、八畳二間と玄関の三畳、それに二畳の板の間がお座敷の西側にあつて水屋に使はれてゐた。お弟子の私たちはお玄関にゆかず、しをり戸からお庭にはいり、お庭の飛石を渡つてすぐ椽側に上がるのだつた。三十坪ぐらゐの狭いお庭は草がとても風流に繁つて、たけの長い草は抜かれるらしく、曲りくねつた小径には苔やつる草の中にちらちら飛石が見え、その先きの方に三四本の短かい木や灌木が植込みになつて、その先きの青い世界が約束されてゐた。

先生は未婚のまま学問や和歌で加賀百万石の前田家に仕へて御老女をつとめられ、和気乃《わけの》と呼ばれた方だつた。その後前田家におひまを願ひ、京都の高等女学校の教授となつてをられたが、ついに東京に出て来られて民間の娘たちを教へられるうち、先生の名はだんだん拡まつて雑誌や講議録にお茶や、お花、礼法のことを書かれるやうになり、あちこちの宮家からお姫様方のおけいこに召され、学校も二つ三つ教へに行かれて、非常にお忙しくなつたが、それでも一週のうち水曜と金曜はお宅のお稽古日とされてゐた。先生は切下げ髪で黒いお羽織を着て、いかにも御老女様といふやうにぴたりと坐つて人と応待されたが、やはり明治人であつて西洋風のお料理が大好きで、いつでも土曜日の晩には本式の濃厚なスチユーを充分たくさん作つて、翌日もそれを温めてたべるのだと言つてをられた。お弁当のおかずにも牛肉の佃煮やローストビーフなぞ、お茶人の先生とはおよそ千里も遠いやうな物を持つて行かれて、これは一度作つて置けば一週間ぐらゐ使へるからと説明らしい事をいはれたが、ほんとうはさういふ料理がお好きだつたと思はれる。たべ物に限らず先生はすべてに保守主義ではなく、私のやうに親も家も何の取得もないやうな娘でさへ西洋人の学校を卒業したといふので、それを一つの手柄のやうに思はれて、（この時分は大方の上流令嬢たちは女子学習院か虎の門女学館に入学、中流の家では少数の頭の良いチヤキチヤキの娘だけがお茶の水といふやうな傾向であつた。）私の母に、あなたのお嬢さんは英語を習ひなすつてお仕合せだと思ひます。これからの世間はどんどん進んで行くのですから、外国語も一つ位はどうしても必要でせう。今はすべてが西洋風に反対してゐますけれど、やがて今と違つた時節もまゐりませう。私なぞももうすこし時間があればキヤツト、ラットからでも始めたいのですが。Hさんも英語を一生お役に立てなさるやうに、もつと勉強おさせになるのがよろしいと思ひますと言はれて、母はすつかり驚いて、あなたが西洋人の学校にはいつたのをほめて下さるのは田辺先生ぐらゐなものだねと笑つてゐた。

その後先生は外出される日が多いので、留守居を置かれた。わかい後家さんで七八つの女の子をつれてゐる人だつた。八畳のお座敷の次の間も八畳で、茶の間兼寝室であつたが、留守居の人たちは食事する時と寝る時はこの部屋で、ひるまは玄関の三畳で針仕事をしてゐた。このお留守居はどこか地方の町方の人らしく意気な下町らしいところと田舎らしい質素な様子もあつて、好い人と思はれた。彼女が来てから半年とも経たないうちに、先生は不意に脳溢血で倒れて昏睡状体のまま十日ほど寝てをられたが、この人が細かに面倒を見て上げたのである。

早くから他家に縁づかれたお妹さんも電報の知らせですぐ上京したけれど、久しいあひだ遠遠しくなつてゐたお姉さんの家の事は何も分らず、ただ枕もとに坐つてゐるだけのことで、私たちお弟子も毎日のやうに顔を出して二時間ぐらゐづつは先生の看病をして上げた。内親王がたをお教へしてゐた小川女史が唯一の親友であつたから、夜になるとたびたび顔を出され色々と相談して下すつた。お留守居の人から聞いたことだが、お妹さんが上京されてすぐに簞笥の抽斗や行李の中も立合ひの上で開けて見たけれど、小だんすの抽斗に郵便局の貯金帳があつて、三千なにがしのお金があるだけで、ほかにどこにも先生のお金が見えない、お妹さんが困つていらつしやると彼女が言つてゐた。先生のやうな聡明な方が、何十年も働らいて質素な暮しをつづけて、何処かに老後のための貯へをして置かれたに違ひないが、それを先生のほかに誰が知つてゐるか、これは身寄りの方たちがずゐぶん困ることだらうと思はれた。

宮様方からは立派なお見舞のお菓子や果物の籠が届いて床の間がせまくなつてしまつた。十日目になつて先生はふいと目をあけてそこらを見廻された。妹さんやお留守居の人は喜んで声を出して呼びかけたが、口はきかれず何か探すやうな様子で、しまひには右手を出して何か持つやうな手の格好であつたので、試しに鉛筆を持たせて上げると、それを器用に持たれた、それでは紙をと、小さい手帖を出して、字が書けるやうな位置にだれかが手で押へて上げると、先生は暫《しば》らく考へる姿でやがて鉛筆をうごかして何か書かれた。そばの人たちは息をひそめて待つてゐたが、鉛筆をぱたんと落して疲れたやうに眼をつぶられた。遺言と、みんなが思つた。その手帖をとり上げて妹さんが読み、つぎつぎにそばの人も読んで、みんな首をかしげた。手帖には字もはつきりと、「子猫ノハナシ」と書いてあつた。

先生はそれきり眼をあかず眠りつづけて翌朝亡くなられた。妹さんはがつかりし、お留守居の人は興味を持つてこの話を私たちお弟子に話してくれた。新聞記者も二人ばかり訪ねて来て「子猫ノハナシ」を不思議がつたが、それはただ先生の夢の中の話なので、それきり後日談もなかつた。お葬式はすばらしく立派で賑やかで、私たちお弟子はみんな人力を連ねてお寺に送つて行つた。

ながい年月が過ぎた今でも私は時々先生をおもひ出す、先生がぴたりと坐つてをられる静かな姿と、そして最後のあの「子猫ノハナシ」と。さめない眠りの中で私も童話のやうな子猫の世界に遊びにゆけたら幸福であらうと思つたりする。

花屋の窓

暮れかかる山手の坂にあかり射して花屋の窓の黄菊しらぎく

この歌は、昭和十一年ごろ横浜の山手の坂で詠んだのであるが、そのときの花屋の花の色や路にさした電気の白い光も、すこしも顕《あらわ》れてゐない。何度か詠みなほしてみても駄目なので、そのまま投げてしまつた。しかし歌はともかく、秋のたそがれの坂の景色を私はその後も時々おもひ出してゐた。

まだ静かな世の中で、大森山王にゐた娘たち夫婦が私を横浜に遊びに誘つてくれた。遊びにといつても週間の日の午後四時ごろ出かけたのだから、ちよつとした夕食をするのが目的で、その前に彼の大好きな場所であつたフランス領事館の前のあき地に行つて散歩した。その時分のタクシイは一円五十銭ぐらゐの料金で、大森八景坂からそのフランス領事館の坂の上まで私たちをはこんでくれた。

夕日がまだ暖かい丘の草はらを歩き廻つて崖ぎはに出ると、海はもう沈んだ光になつて、わづかばかりの鷗《かもめ》が高くひくく飛んでゐた。

その草はらで暫く休んでから、領事館の横を通つて急な坂道を下り始めた。片側は崖で、片側に一二軒の小家があつたが戸ざして火影もなく、みじか日がすつかり暮れて坂は暗くなつてゐた。坂を下りきる辺にあかりが白く路にさしてゐる家があつた。花屋で、中は一ぱいの西洋花が満ちみちて、大きなガラスの窓には白と黄の大輪の菊が咲きほこつてゐるのだつた。鉢植のが黄菊で、きり花が白菊だつたか、その反対であつたか今思ひ出せないけれど、その窓がまぶしいほど明るい世界を暗い路に見せてゐた。山手の外人の家に花を入れる店らしく、その辺にほかの店は一つもないやうだつた。店内にも路にもそのときわれわれのほかに一人の人間も見えず静かな夜みちを、そこから左にそれて南京町の方へ歩いて、聘珍《へいちん》で夕食をすました。

その後も横浜へは何度か買物や遊びに行つたけれど、この花屋の道にはそれきり出たことがなく、ただ家に帰つて来てから、あの花屋の店は今日も花で一ぱいかしらなぞと考へたりした。焦土となつた横浜がぐんぐん復興して来たと聞いて、私はまた昔のやうに花屋の窓の電気にうき出す菊の花を思ひゐがいた。

先日、「うめ　うま　うぐひす」といふ芥川龍之介随筆集を読んでゐた時、ゲエテ座のサロメを見物に行くところで、夕がた何処かの坂の中途で作者が、闇の中に明るい花屋のガラス窓を見るくだりがあつた。

「僕等四人の一高の生徒は日暮れがたの汽車に乗り、七時何分かに横浜へ着いた。それから何町をどう歩いたかはやはり判然と覚えてゐない。唯何処かの坂へかかると、屋並みも見えない闇の中に明るい硝子窓がたつた一つあり、その又窓の中に菊の花が沢山咲いてゐたのを覚えてゐる。それは或は西洋人相手の花屋か何かの店だつたであらう。が、ちよつと覗きこんだ所では誰も窓の中にゐる様子は見えない。しかも菊の花の群がつた上には煙草の煙の輪になつたのが一つ、ちやんと空中に漂つてゐる。僕はこの窓の前を通る時に妙に嬉しい心もちがした。」

これは、山手の坂のあの同じ花屋であることは確かである。妙に嬉しい心もちがしたと作者がいふところで私も妙にうれしくなつて、菊の花の群がつた上に漂つてゐる煙草の煙の輪を、私も見たやうな錯覚さへもち始めた。「夢のふるさと」といふやうな言葉でいふのはまはりくどいが、静かなおちつきの世界を芥川さんも私もおのおの違つた時間に覗いて見たのであつたらう。

銀座で

たぶん秋だつたと思ふ、はつきり覚えてゐない、ある夕がた銀座を歩いて行くと尾張町の方から歩いていらしつた九條さんにぱつたりお会ひした。わたくしたちは「おや」と云ひ「まあ」と云つてお辞儀をした。ちやうどプレッツの店の前あたりだつた。

わたくしは小さいふろしき包を抱へてゐたが、その上にもう一つ殆《ほと》ど空《から》のふくさを持つてゐた。殆ど空といふのは、ある家へ菓子を持つて行つたおうつりの紙が一枚はいつたふくさだつた。九條さんにお辞儀する拍子にその羽二重のふくさがすうつと足もとに落ちた。自分で取らうとするより先きに九條さんはお手を伸してそのふくさを拾ひ上げて下さり、ほこりがついた羽二重を片手の指尖《ゆびさき》にいたはるやうに持つて、ふう、ふう、と唇をつぼめてお吹きなさりながら片方の指で土をお払ひになつた。かはいい小猫をお手に載せて背中のごみを吹いておやりになるやうな御様子だつた。わたくしは不器用に赤くなつて「ま、おそれいります」と云つた切りでそれをいただき、暫《しば》らく立つたまま何かお話をしてお別れした。ちやうど暗くなりかけてゐて、おたねさんも側に立つてゐたやうに覚えてゐる。

それからも時々お話する折はあつた。でも、わたくしのふくさを吹いて下すつた綺麗な唇をいちばん恋しく思ひ出す。そのときは静かな田舎に一生を送つてゐる平凡な老人のやうな温かさとまめまめしさも見せて下さつたから。

むかしの人

何かの折につけては、いつも大塚楠緒《くすお》さんのことが思ひ出される、今生きていらしつてお話することが出来たら、才に輝くうつくしいお顔をもう一度見ることが出来たらと、いつも私の心が痛ましく昔の事を考へ出す。

竹柏園は私どもの心の故郷である、その故郷に愛する人のひとりがゐないことは、そこに永久にその人のための空虚がある。ほかに誰がゐようと、何があらうと、その人のゐないことは寂しい。

あの方を見ることをゆるされ、席を並べてお話することもゆるされた自分の幸福を私は嬉しくは思つてゐる、それでも今この世にいらつしやらないことがどれだけの不幸かとも考へて見る。もし今生きていらしつたら、私は聞いていただきたいと思ふことが一つ二つある、きつと私はそれをお話したらうと思ふ。どんなよい話も悪い話もあの方は澄んだ眼をして聴いていらしつて、笑ひも泣きもなさらず、おしまひにただ

「ありがたう」とおつしやつたかも知れない、私はそんな風に感じる。自分の自由にならない自分の身と心とをもてあます折々私はあの方の清い瞳を思ひ出す、そしてあの涼しい静かな智の中に私の熱いたましひを投げ入れて、ゆつくりと沈みたいやうな気持がする、私の持つ望はいつでもかなはない望ばかしであるけれど。

はじめてあの方を見たのは、ちやうど私が十九の時、先生のお宅に入門して始めての歳暮の会の時であつた、その二三年前から私はどうかしてお目にかゝりたいと思つてはゐたけれど、おめにかゝつて見ると、あまりお若くお嬢さんのやうな姿をしていらつしやるので驚いてしまつた。ちやうどその時分博士は外国で御勉強中で、楠緒さんは麹町の御両親のところにいらしつたので、なほさらお嬢様らしくお見えになつたのかしれない、紫がかつたお召で、赤いあづき色に白い桜の花が大きく縫ひ出された襟をかけていらしつた、そしてずつと抜きえもんにして帯を小さく結んでいらしつたやうだ、いつでもあの方は襟をずつと引いて帯を小さくしていらつしやるのがお好きのやうであつた。その時は依田柳枝さんと並んで坐つていらしつて、顔を赤くして子供らしく笑つていらしつたことを思ひ出す。むろん、其日《そのひ》私は楠緒さんと何もお話はしなかつた、たゞ遠くから眺めて吃驚《びつくり》してゐただけであつた。

その翌年になつて私はたいそう熱心に先生のお宅に通ひ始めた、私たちが並んでお講義を伺つてゐるところへ楠緒さんが原稿を持つて先生のお直しを願ひに入らつしやることがたび〳〵あつた。そんな時いつでも私は楠緒さんのかぼそいしなやかな後姿をながめて坐つてゐた。いつもふだん着の儘《まま》でいらしつた。たいては銘仙か八丈ぐらゐの羽織で、それが普通の若い女のよりも少し余計につけがついてゐたので、お背中がたいそうおつとりした主婦じみて、あの昔風の女たちの持つてゐる母型の優しみを思はせた、前から見ると、楠緒さんはさういふ人では決してなかつたが。

あの方はいつも俥《くるま》に乗つていらしつた。電車におのりになつたり徒歩のことはなかつたやうである。もつとも、その時分、九段や神田に電車は乗りたくてもなかつた。小川町のお宅のお玄関までたどりついて、そこに綺麗な俥があると、はて、あの方かしら？　といつも私の心が躍るのであつた。

その時分楠緒さんはよく方々の雑誌や新聞にお書きになつた。私どもの眼には、それがどれもこれも光つて見えてゐた。今あの方が生きていらしつて御自分の物をおよみ返しなすつたら、不満足に思はれるところも多いかも知れない、しかし年月をへだてて今読んで見ても、あの方の随筆風のものは今でも私に深い感じを与へる。昨年であつたか、私は日夏耿之介《こうのすけ》さんと何かのお話をしてゐた時、日夏さんがふいと大塚さんの事をいひ出されて「心の花にかういふ文がありましたらう、私はあれを愛読しました……」とおつしやつて、すこし諳誦してきかせて下すつた、私は赤くなつてそれを聞いてゐた、実はその楠緒さんの文を私は忘れてゐたので、たいそう恐縮したために赤くもなつたが、それよりもなくなつた人の文を詩人がいまだに覚えてゐて下すつたことが私の身にとつて又ない歓びであつたので、身があつくなるやうに覚えたのであつた。私は楠緒さんがもつと沢山書き残して下すつたらと思ふこともあるけれど、ある時は又、あの方御自身が神様のお手になつた芸術の最もすぐれたものであつたから、私どもは十年余もその尊いものを近く見ることを許されたのだけでも満足しなければ済まないやうにも思ふのである。

二年ばかりのあひだ私は遠くから楠緒さんを見てゐた。三年目の夏のはじめ、私たち五六人のものが先生と奥さんのお供をして横須賀に軍艦見物に行つたことがあつた、その軍艦の名はとんと忘れてしまつたが、その時、楠緒さんもいらしつた。私は時間におくれやしまいかと心配して新橋駅で車をのり捨てると、石段の上に楠緒さんがたつた一人で立つていらしつて、「いらつしやい、まだどなたもお見えになりませんよ」とおつしやつた。恐らくその時はじめて私たちは言葉を交したのであつたらう。あの朝の楠緒さんの姿を今でも私は思ひ出す、古い新橋駅の建物に添うて一輪のクリーム色の薔薇の花を見るやうな気持がする。あの方を花にたとへて考へる時に、私には白も赤も薄紫の花も考へ出されない。赤い花よりは清らかに見えた、白い花の寂しみはなかつた、もつと光と色があつたやうに思はれる、うす紫の花の優しみは、其うしろ姿に見えないでもなかつたが、あの方に向ひ合つた時、才の輝きがあまり強く現はれてゐるので、凡《すべ》ての女が多少なりとも持つてゐる性の色はまるで見えなかつた。あの人はやつぱりクリーム色の薔薇であつた。楠緒さんがおなくなりの時、夏目先生が、「あるほどの菊なげ入れよ棺の中」とおなげきになつたのは、ほんたうにふさはしいお言葉であつた。

その横須賀の帰りみち、大船で私どもの汽車が少し止まつてゐた時、東京の商人らしい五六人の男たちが通りがけに「芸者かい？　芸者だらう？」と云つてみんなで私どもの車を覗いて行つた、私は吃驚して見廻したが芸者は一人もゐなかつた、汽車は大へんにすいてゐて、他に乗合ひは二三人の紳士だけであつたので、呑込みのわるい私にも、芸者は楠緒さんの事かとわかつて、ひどくをかしくなつた、それでも楠緒さんはちつともをかしさうな顔もなさらなかつた、たぶん、それまでにも時々は間違はれなすつたのだらうと思はれる。

その後ぢきに私は片山の家の人となつたので、もう先生のお宅にもめつたに上がらなくなり、従つて楠緒さんにもさうたび〳〵はお目にかゝらなくなつた、それでも会や何かで一年に一二度はおめにかゝり、すこしはお話もした。併《しか》し私は縁づいて後も相変らずの無骨者であつたので——今でもその方では強の者であるけれど、その時分は最大級のそれであつたので——accomplished といふ字の化身であるやうな楠緒さんとお親しくするだけの勇気が足りなかつた。橘さんや峰さんとハイカラさうなお話をしていらつしやる時、私だけは遠くの方で日本人くさい顔をして坐つてゐたのであつた。楠緒さんは私のそんな気持がよくお分りだつたと見えて、私だけの時には決して決してハイカラな話をなさらなかつた。私は断言する、ハイカラなのはあの方のおつむりだけで、心はやつぱり私と同じやうに古めかしいものであつたらうと私は今かたく信じてゐる。

先だつて本箱の抽斗から楠緒さんの古い手紙を見つけ出して読み直して見て、静かな親切なあの方の心持が今更ながらしみじみ思ひ出された。今考へて見ると、さびしみと物たりなさはあの美しい人の心にもあつたのであらう、生きていらしつた時、もつとお近しくすればよかつたと今になつて思ふのである。

病気におなりの一年ぐらゐ前であつたらうかちやうど朝日の長編小説を書きに大磯の宿に泊りにいらつしやらうとする日であつた、大森の宅へ帰らうとして私は新橋駅まで来ると、待合室に楠緒さんがたつた一人で立つていらしつた、「今、何の気なしに関口にはいりましたら、売出しをしてゐましたから、小さい女の子の帽子やらリボンやら買ひましたの、あなたもいらしつて御覧なさいまし」とおつしやつて、大きな紙包を持つていらしつた。すこしお話してゐるうちに博士も学校からおひけで見送りにいらしつた、私たち三人はあの昔の長いプラットホームを話しながらゆつくり歩いて来た、風がかなりに吹いてゐて楠緒さんのびんのお毛も私の髪もすこしづゝ散らばつたやうに覚えてゐる。そこで博士にお別れして私だけは大森まで御一緒に乗つて来た。

大森までの二十分のあひだ、楠緒さんは私にしきりと大森といふ一つの村の中の人や事を短篇に書けと言つて下すつた、「屹度《きつと》おもしろい物が書けますわ、ほんとに、あそばせよ」と熱心に言つて下すつた。「書けたら嬉しうございませうね、書いて見ませうか？　もし書けましたら、あなたに捧げませう」と私は本気に言つた。「どうぞ、ぜひ……」と楠緒さんは快く笑つていらしつた。秋のよい日和で、窓の外には樹々が動いて、空に白い雲が見えてゐたやうだつたが、私どもはたつた二人ぎりで熱心に顔を見合せて話してゐた、その時楠緒さん御自身はどんな物を書きたいと思つていらしつたか、私はうかがはずにしまつた。大森で私だけ下りて、それきり、おめにかゝる機会はなくなつた。

雑司ケ谷に最後のお送りした日、やつぱり美しい秋日和で、陽があかる過ぎるやうに照りつけてゐた、私は新しい土の上に水をかけながらひどくおめにかゝりたい気持で胸が痛かつた。大磯のお家の寝ていらしつた枕もとに白紙の儘の原稿紙が厚くとぢて置かれてあつたと先生から伺つてゐたので、その原稿紙に書きたいとお思ひになつたであらういろ〳〵なお考が其儘にほんとに其儘に土の中に消えてしまつたことがたまらなく情なかつた。その時私はお墓の前でいろ〳〵な事を楠緒さんの為にも自分のためにもしたいやうに考へたのであつたが、私のその考もやつぱり其場だけで消えてしまつて、楠緒さんの死なれた三十六といふ年は、まだまだと思つてゐるうちに自分の身に取つてもそれが遠い過去の事になつた、長生することも、それほどによい事ばかしではないのかも知れない。

今もし夢の中にでもお目にかゝる事が出来たら、私は心の中のお約束を果さなかつたおわびを言はう、そしたらば、あの方はきつと微笑して「それは仕方がありませんわ、生きてることは忙しいことですもの、書くといふことは、私たちの生命のほんの一部の仕事ですから……」と、そんなやうな事をおつしやるだらうと私は一人で考へてゐる。

楠緒さんが私どもの中にゐて下すつた事は過去の話になつてしまつたにしろ、ある時、この世にあの方が生きていらしつた事は嬉しいことである。あの完全に美しいかしこい正しい一人の婦人が、ある時、過去に、生きてこの世にゐたといふことの寂しいよろこびで私どもは満足しよう。

それでも、やつぱり私は寂しい。死んだ人もある時は寂しくなつて私どもの事を想ひ出すのではないかと、折々私は考へてゐる。

Kの返した本

ひさしく風を入れなかつた戸棚を片づけてゐると古い新聞に包んだ本を見つけ出した。いつぞやKが返してよこした本なのだと思つた。

Kは時々に本を借りてゆき、それをきちんと返しに来る人だつた。おしまひに返しに来たのはKではなくKの奥さんだつた。死ぬすこし前に、あの本を大森におかへしして来ておくれ、僕が行くといいんだけれど……と云つたさうだ。で、葬式の翌日奥さんが返しに来た、その本の包だつた。

はじめに、だれの紹介もなしで訪ねて来た人だつた。

ある日曜のあさ、ねぼうして遅い食事をしてゐるとき玄関に人が来て、それが彼だつた。たいそう立派な名刺を出して、どなたの御紹介も頂かず失礼でございますが一寸お目にかかりたいと云つた、そして、劇の方の研究をしてゐるもので、伺ひたいことがあつてと付け加へた。さういふ事は何もぞんじませんからお目にかかれませんと断るのもあまり角が立つから、ただ先方の話を聞いてればいいのだと思つて、会つて見た。

彼はきちんとした勤人のすがたをしてゐた。いろが黒く年は三十ぐらゐで、ほつそりした人で、眼がくろく、その眼だけが勤人とは別世界をのぞいてゐる眼だつた。学校にゐるうちから一幕物に興味を持ち今もその方の研究をしてゐると云つてた。二三ケ月たち二度目にたづねて見えたときは週間のただの日でつとめ人には都合の悪るさうな朝の十一時前だつた。

春だつたか秋だつたか、たぶん春だつたと思ふ、彼はあつさうな顔をして額の汗をふいてゐた。それが私にはめづらしかつた。大森のこの家まではるばる来てくれる人は、特別の閑人かそれとも特別の用事がある人かで、さういふ人たちはあんまり汗を出してゐないのだつた。それで、彼が額をふいてるのを見て、けふは、どちらへいらつしやいましたの？ と訊いた。もちろん何処かの帰りに違ひなかつたから。

彼はある銀行の貸付にゐて、担保の地所家屋の鑑定をする役目だつた。そのとき初めてその話をした。その日はうちの近所まで鑑定に来たかへりなのだつた。

いま行つて来ましたところは松山のスロープになつてゐまして、みんなで土地が何千坪かあり松の木が何千本かある筈なんですが、どうも僕は慣れないものですから、何処からどこまでがその地所なのかまるで見当がつきません、暫《しば》らく立つて見てをりましたが、日が照りつけて暑くてたまりませんでした、と云つた。

おもしろいでせうね、さういふお仕事は。本を読むことなんぞよりずつと面白いでせうね。私はしんじつさう思つてさう云つた。

それは、奥さんが松山の鑑定をなすつたことがおありにならないから、さうお思ひになるので、戯曲をよむ方がたしかに面白うございます。彼は真面目にさう云つた。

（でも、今でも私は、松山の鑑定をする方がおもしろさうにおもふ。）

だんだん懇意になつてから時どき私の本を借りて行つた。私は元来読書はあまり好きでなかつた。貸すほどの本なんぞ持つてゐなかつた。必要のときに人から借りることはあつても、人に本を貸したことはなかつた。しかしこの人は私の持つてるぐらゐの本でも借りて行つて、またそれを返してくれた。

あるとき彼が同志の人たちと芝居をするから見に来てほしいと手紙をよこした。私が留守のとき自分でやつて来てぜひ今度の土曜日においで下さいと云ひおいて行つた。寒くてこまつたけれど出かけてゆくと、春の雪がひどく沢山降つて晴れた翌日で、路がどろどろして、夕かぜの吹きまくる土曜日だつた。

なりたけほかの見物から離れて隅の方に腰をかけ肩かけを腰にまきつけて待つてゐると、開幕すぐ前に六七人のつとめ人らしい人たちがはひつて来て私の側に腰をかけた。

幕があいてからその連中の一人がポケットから氷砂糖の袋を出して皆にわけてやり、暗やみの中でぴちやりぴちや音をさせてゐたが、舞台の方を見てはしきりに舞台監督舞台監督と云つた。初めてその言葉を覚えて非常にうれしさうに云つてるやうだつた。いちばん端にゐた人が氷砂糖の袋を私の方に出していかがですと云つた。あの舞台のまん中のとこに腰を屈めてるお爺さんがゐませう? あの男が舞台監督なんです。あいつは僕たちの仲間なんで、こんにちは義理です、と云つた。そのお爺さんはつまり私にも友人である彼だつた。

劇が進んでいくうちにすつと電気が消えた。前日の雪で故障ができたものと見えて暗やみの時間が長かつた。舞台ではちよつとの間声を出すのを中止にしてゐたが、そのうちたれかが三本の蠟燭を持ち出して来て舞台に立ててすぐ芝居を続けることにした。登場者たちの大きな影が伸びたりちぢんだりして背景の上で別の芝居をやり、それとまた別に役者たちは照明も何もない暗い素顔で一生懸命に泣いたり怒鳴つたりしてゐた。三本の蠟燭のままでたうとう一幕がをはつた。

この芝居のことはあとでKが来たとき何とも云はないでゐた、云はない方がいいとおもつたから。しかし半年ばかり経つて会つたとき、心が油断してゐたと見え、ふつと口を滑らした。

あの、去年の、お芝居ね……。

何かの拍子に云つてしまつた。すると彼はびつくりしたやうに眼をあげて

あの芝居を御らんになりましたか？　それは、前の日でしたか、あとの日でしたか？　と訊いた。

前の日、と私が云ふと彼はだまつて赤くなり、だんだん赤くなつて

止めませう、あのお話は、と云つた。さうすると彼のが映つたやうに私も赤くなり、二人ともだまつてしまつた。

ある雨の日私は急な用で東京に出かけ帰つてくると、うす暗い玄関に自分のでない下駄の歯のあとを見た。Kさんの奥さんがもうすこし前にいらしつたとうちのものが云つた。奥さんはまだ知らない人だつた。

Kさんがおなくなりになつて昨日お葬式をお済ましになつたのださうでございます。いろいろお礼も申あげたく、御本をお返しにあがりましたとおつしやいました。すこ

し快《よ》くなれば自分でお返しに行くといつていらしつたさうでございます。とりつぎの者がさう云つた。

彼の死ぬことも病気してることも知らずにゐたのに、彼の方では本のことを気にしてゐたのだと思ふと、その本を見たくなかつた。なにと何とを貸したのか、それも忘れてゐた。私は机のそばに置いてある新聞づつみをちよつと見て、それが人間だつたらば突きとばしたかも知れない、すぐに隣りの部屋の戸棚に入れてしまつた。それつきりだつた。

地震あとの秋だつたとおもふ、私とふさ子と二人で馬込を散歩して帰つて来る途中彼に会つたことがある。いちばんしまひに会つた日である。

空がさつぱりしてゐて私たちも好い気持であるき、笹がいつぱいにある崖の上に出て休んだ、そこに一ばん大きな橋があり、返り花をつけてゐた。しろい花を珍らしく思つて見てゐたが、下にたくさん椿の実がこぼれてゐた。私たちは子供みたいにそれを拾つた。そしてハンケチに包んでおみやげのやうに下げて臼田坂《うすだざか》を下りて来たが、坂を下りきるとき横みちから急ぎ足で出て来た彼とばつたり会つた。三人路のまん中に立ちどまつて暫らく話をしてゐたが、いま馬込で椿の実を拾ひましたよ、すこし差上げませう。さう云つて実をにぎつて彼の方へ手を出した。彼はそれを掌《てのひら》にうけて眺めてゐたが、やがてポケットにさらさら落しこんで

さつそく蒔いときませう、と云つた。そして坂を上がつて行つた。

ひる間ぢゆう何かせはしくて捨てておいた椿の実を夜おそく婆やがハンケチから出して見て、お茶の実をこんなにたくさん、と云つた。私はびつくりして、

椿の実ぢやないの？　と訊いた。婆やはたしかにお茶の実だと云つた。さう云はれると私もむかしむかし庭にあつた茶の木の実をはつきり思ひ出した。きつと何処かの子供たちがいたづらにとつたのをあすこの樹のしたで遊んでるとき捨てたのにちがひない。ふさ子が翌日それを聞いた時へんな顔をしてゐたが、

蒔いたでせうか？　と私の顔を見た。さうすると親子ともひどくをかしくなり笑ひ出してしまつた。

蒔いたかしら、捨てたかしらと考へて私はあつくなつた。

彼が死んだとき、また茶の木の実を考へ出した。あの人は蒔いたかしらとおもつた。

でも、彼がまぶしさうな顔をして手のひらの木の実を見てゐるとき彼の顔がすこし笑つてゐたやうだつた。捨てたかもしれなかつた。

十一月　おとろへる

遠慮

けさから雨がふり
あらしの初めの南風がわかい木の葉を吹き
風のあひだによその家の鶏《とり》がなく

あたしは手紙が書きたくなつた
机の上の　きのふ買つた鳩居堂の状ぶくろ
それは　高原に咲いた松虫草のやうな色をして
心をとほくに引いてゆく
手紙を書くことはいけないのだらう
きつといけないのだらう　あの人は病気して疲れてゐるさうだから
手紙をかきたいと思つても遠慮しますと

それだけでも書けないのはかなしい
手紙が書きたい時に書けたらば
世のなかは愉快だらうに
あたしにも愉快な時はあつたのだけれど
いまは　庭にふる雨を眺めて
遠慮してゐる
遠慮は尼寺のやうにつまらない
あたしが山の奥のけものに生れてゐたら
こんな雨の日にはぴたぴたと落葉を踏んで
心のあふ友だちをさがし出し
手紙はかけないでも　口はきかないでも
遠慮なしに草のうへに並んで
雨を見てゐようものを

コーヒー五千円

洗足池のそばのHの家に泊りに行つて、Hの弟のSにたびたび会つた。Sは、南の方のある島から僅かに生き残つて帰つて来た少数の一人であつた。すつかり体の調子が悪くなつたので伊東温泉に行つたり東京に出て来たりして養生してゐる時で、彼はその時分しきりにおいしい物がたべたいので、魚や肉を買つてはHの家に持つて来て料理を頼んだ。さういふ時にゆき合せて私も御馳走になることがたびたびだつた。

Sはわかい時から外国を廻り歩いた人なのでたいそうギヤラントで、よく私たちに調子を合せて話をしてくれた。中国に相当に長い月日を過して来たからSはよく中国の話をした。その時分上海が非常なインフレになつたので、紙幣《おさつ》をかばんに一ぱいつめ込んでレストーランに行き料理をたべる話なぞきかせた。「コーヒーが一杯五千円です」と彼が言つた。まだその時分私たちの東京ではコーヒーが一円ぐらゐなものであつたらう。だから五千円と聞いて眼がまはるやうで「コーヒーが五千円で、お料理が十万円ですか？　東京がそんなインフレになつたら、私たちは死ぬばかりですね。でも、死ぬのも大へんにかかりませう？」私が言ふと「百万円以上かかるでせうね。しかし、そんな心配をなさらんでも、衣裳をたくさんお持ちでせうから、必要の時それを一枚一枚売るんですね。大島の着物を一枚十万円ぐらゐに売れば、日本のインフレはどうにかしのげるでせう」Ｓはさう言つてくれた。

その時からもう六七年の月日が経つてゐる。私の大島はまだ十万円には売れない、コーヒーも五十円あるひは百円位で飲むことが出来る。百万円のお金を使はないでも私が無事に眠ることができればこの上もない幸だと思ふ。それに上海でも、インフレのために市じうの人間が死んだといふ噂もまだ聞かない。

身についたもの

M夫人は私たち十二三の時からの学校友達で、むかしも今も親しくしてゐるが、彼女は実家も婚家も非常に裕福なので趣味としての諸芸に達して、殊にお茶や歌では趣味以上のくろうとである。その彼女がある時言つた。「私はずゐぶんいろいろなお稽古ごとをやつてみましたけれど、何といつても、十代の時習つたものが一ばん身についてゐますね、それはお琴。家庭の人となつて琴なんぞ弾いてゐる時間もなく、何年となく捨てつぱなしにしてゐても、ちよつとお浚《さら》ひをすればすぐ思ひ出して昔の通りに出来ますものね。中年で習つたものは一生けんめい念を入れて今までやり続けてゐても、まだ本当に身についてはゐないやうです……。」彼女のやうな静かな心構への人がいふ事で、それは本当だと思ふ。私は小学生の年から女学校の寄宿舎にはいつてゐて、大きくなると（十四五から）自分の部屋のお掃除を習はせられた。それから十六位からは、外人教師のお部屋と西洋応接間の掃除をした。一週に一度づつは足袋や肌着の洗濯もしなければならなかつた。こんな年になつても割合にらくな気持で掃除や洗濯ができるのは、十代でおぼえた仕事が、芸ではないが、身についてゐるのであらう。

それに比べると、卒業前一年位は一週間に三度賄《まかな》ひの手伝ひに行つてお惣菜の煮物をしてみたり、一週に一度づつ先生がたの洋風料理のお手伝ひもした。しかし、料理の才能がないのか、あるひは大急ぎのつけ焼刃であつたか、私はとても料理が下手で、自分の手でめんどうなお料理をこしらへてたべる愉しみを知らない。しよせんは主婦としての資格に落第であるが、これはその道の好ききらひとか、手が不器用とかいふばかりでなく、主婦生活の殆ど一生のうち、明治大正、昭和の戦争が始まるまでの長い月日を人まかせにしても御飯をたべてゐられたからでもある。今になつて自分自身の手で何ひとつ器用に出来ないのを後悔しても、もう遅すぎる。

さて料理や洗濯とはよほど方角ちがひの物に聖書がある。私には深いなじみのもので、おそらく私の体臭の一部分ともなつてゐるだらう。ミツシヨンの女学校だからとはいへ、聖書は教へられ過ぎたやうだ。日曜日の午前は教会に行き牧師さんのお説教を聞いた。そのお説教の前に聖書が朗読されてその中の一節を当日の説教の題とされる。それから教会でなく学校の方に日曜学校といふのがあり、英語の聖書で旧約のユダヤの歴史を教へられた。先生の教へ方によつてはずゐぶん興味ある学課であつた。これは試験はない。それから週間の日の月火木金の四日、午前十一時半から十二時まで校長先生の新約聖書の研究があつた。研究といつても一方的で、校長さんは文学が好きな人であつたから、いろいろな詩人の詩やシエークスピヤの劇の文句まで引いて聖書をたいへんおもしろく教へて下さるのだつた。これは試験があつて、よほどうまく答案を書かないとあぶない、聖書の点数を落第点など貰つたら、ミツシヨンの方面にはスキヤンダルみたいな一大事なのである。

それから又、そんな義務や義理でなく、私たち生徒が何も読む物のないとき、聖書でも、読まないよりは読む方が愉しかつた。どこでも手あたり次第で、こんなところを読んだと言つたら先生がたは驚いたらうが、一さい何も言はなかつた。女学生といふものは（おそらく現代の彼女たちもさうであらうと思ふ）どんな問題にでも、わからない事にでも興味をもつものらしく、私たち二三人はレビ記の法律のところなんぞ読んで、そのうらに潜む人事を不思議がつたりした。あなかしことといふ言葉がこんな時使はれる。

そんなやうな長時間の読書が何かやくに立つたかと考へれば、むろん心の持ち方にも、身の行ひにも、それだけ若い時に蒔かれた種子は育つて実を結んだにはちがひないが、もつと思ひもかけない小さな思ひ出が或る時私をわらはせた。

この国の終戦後たべる物がまだ出揃はず、家庭でパンやビスケットを焼いてゐる時分に、粉の中にバタをすこしばかり交ぜて焼きながら、そのバタの量で柔らかみが少しづつ違ふのを試食してゐる時だつた、私は旧約聖書にある予言者エリヤとまづしい寡婦の話を思ひ出したのである。暴虐な王アハブの時代、予言者エリヤがイスラエル国にはこれから数年のあひだ雨も露も降らないだらうと予言した。アハブ王はどうかしてこの予言者を捕へて殺さうと思つたが、中々つかまらないで、彼はさびしい田舎の或る寡婦の家にかくれて、そつと養はれた。国は飢饉でくるしんでゐるとき、その貧しい寡婦の家では小桶に一つかみの粉と小瓶にすこし残つてゐる油とあつただけで、三年のあひだ彼女ら母子とエリヤがその粉と油で焼いたパンを毎日たべてゐたのだが、粉も油も尽きなかつたといふ話。子供の時分に読んだその奇蹟の粉と油のことを思ひ出した、その昔から彼等は粉に油を交ぜてパンを焼いてゐたのだが、どこの国から教へられたものだらうと、もつと古くから開けてゐた国々の事を考へた。そんなやうな食物のことなぞぽつんぽつんと思ひ出して、心はどこともなく遊び歩くのである。

慣れしたしむといふことは何によらずその人の身に色をつけ力をつける。餅は、餅屋にといふのは専門家のことを言ふのだけれど、毎日の生活に私たちの頭にひそむものや指に手馴れたものが知らずしらずに出て来るやうである。

二人の女歌人

小野小町は小野の篁《たかむら》の孫で、父は出羽守良真とも伝へられ、仁明、文徳、清和の頃の人と思はれるが、生死の年月もはつきり分らず、伝説は伝説を生み、今の私たちには彼女が美しかつたといふ事と、すぐれた歌人であつたといふことだけしか伝はらない。久しぶりにこの頃小町の歌を読みかへす機会があつたが、時代のずれといふやうなものを少しも感じないで読んだ。現代の歌は心理的にかたむいて私にはだんだんむづかしくなつて来てゐる時、むかし私が「歌」と教へられてゐたさういふ歌にまたもう一度めぐり会つたやうな感じであつた。彼女の家集の歌はさう沢山はないけれど、すこし抜いてみよう。

花の色はうつりにけりな徒《いたづ》らにわが身世にふるながめせしまに
山里のあれたる宿を照らしつつ幾夜へぬらむ秋の月影

思ひつつ寝《ね》ればや人の見えつらむ夢と知りせばさめざらましを
うたたねに恋しき人を見てしより夢てふものはたのみそめてき
いとせめて恋しき時はうばたまの夜《よる》の衣をかへしてぞきる
夢路には足もやすめず通へども現《うつつ》にひと目見しごとはあらず
岩の上にたび寝をすればいとさむし苔の衣を吾にかさなむ
わびぬれば身をうき草の根をたえてさそふ水あらばいなむとぞ思ふ
日ぐらしの鳴くやま里のゆふぐれは風よりほかに訪ふ人もなし
木枯の風にもみぢて人知れずうき言の葉のつもる頃かな
ちはやふる神も見まさば立ちさわぎ天の門《と》川《がは》の樋《ひ》口《ぐち》あけたまへ
卯の花の咲ける垣根に時ならでわが如《ごと》ぞ鳴く鶯《うぐいす》の声
あるはなくなきは数そふ世の中にあはれいづれの日までなげかむ
はかなくて雲となりぬるものならば霞まむ方をあはれとも見よ
吹きむすぶ風は昔の秋ながらありしにも似ぬ袖の露かな
ながめつつ過ぐる月日も知らぬまに秋の景色になりにけるかな
春の日の浦々ごとに出でて見よ何わざしてか海人《あま》は過ぐすと
木の間よりもり来る月の影見れば心づくしの秋は来にけり

あはれてふ言こそうたて世の中を思ひはなれぬほだしなりけれ
あはれなりわが身のはてや浅みどりつひには野辺の霞とおもへば

「浅みどり……」のこの歌はたくましい。彼女がふるさとのみちのくまで帰つてゆく途中で死んだといふ伝説も本当であつたやうな気がする、このたくましさは少し位のことで弱りはしない、行くところまで行かうとしたのであらう。昔の秀れた女たち、小野小町、和泉式部、式子内親王、それからわれわれの時代に生きた與謝野晶子。かれらはするどい才智とたくましい心を歌に投げ入れて生きてゐたのであつた。

晶子の歌集を全部大森の家に置いて来たので、私の手もとには遺稿の「白桜集」だけしかないけれど、今その内から少し抜いて、千年か二千年に稀にうまれ出るすぐれた歌人たちの心に触れて見よう。ふしぎにも「白桜集」の歌は若かつた日の彼女の歌とは異つたものを伝へる。

一人出で一人帰りて夜の泣かる都の西の杉並の町
青空のもとに楓《かえで》のひろがりて君なき夏の初まれるかな
君がある西の方よりしみじみと憐れむごとく夕日さす時
心病み都の中を寂しとし旅の野山を寂しとすわれ
木の葉舞ふ足柄山に入りぬべくわれまたも出づ都のそとに

われにのみ吾嬬川《あがつまがは》をわたる日の廻り来れども君あづからず
音もなく山より山に霧移るかかるさまにも終りたまへる
遠く見て泡の続くに過ぎざれど君も越えつる江の島の橋
わが背子の喪を発したる日の如く網引く人のつづきくるかな
近づかば消えて跡なくなりぬべき伊豆こそ浮べ海の霞に
危さは三笠湯川の吊橋とことならぬ世に残されて生く
霧来り霧の去る間にくらべては久しかりきな君と見し世も
やうやくにこの世かかりと我れ知りて冬柏院に香たてまつる
雨去りてまた水の音あらはるるしづかなる世の山の秋かな
わが越ゆる古街道の和田峠常《とき》あたらしき白樺しげる
黒猫が子の黒きをば伴ひて並木に遊ぶみづうみの岸
源氏をば一人となりて後に書く紫女年わかくわれは然らず
（越後長岡に遊んだ時の歌）
わが車千里の雪をつらぬきて進める日さへ心あがらず
川ありて越《こし》の深雪《みゆき》の断面《だんめん》のうらめづらしさ極りにけり
信濃川踏むべからざる大道を越路《こしぢ》の原の白雪に置く

「紫女年若くわれは然らず」の一首の悲しみは彼女一生のあひだに詠んだといはれる数万首の歌の中にもほかには見出されまいと思はれる。天才と意欲に満ちた彼女が一人となつて老を感じたのであつた。それは私たち誰でもが感じる老とは異つたものである。

（ほかの女歌人たちがみんな伝説であるのに、私のために與謝野晶子だけは伝説ではない。私の姪が彼女の学校に在学してゐたから、私は父兄の一人で、その私に彼女はいつも率直に物を言はれた。師と弟子の間柄ではなく、友人ではなく、社交の仲間でもなく、あつさりと親切に、ごく普通の話をされた。こだはりのない若々しい勇敢な彼女を知つてゐて、この悲しみの一首を読むことは堪へがたい気持がする。）さて私はこの国に曾《かつ》て生き、そして死んだ二人の女歌人の歌を比べるためでなく、ただ好ましさに書き並べてみたのである。何時この世に送られるか分らない天才は又いつかは生れて来るだらう、その日は遠くても近くても。

トイレット

何年も何十年も前のことが記憶の中のどこかによどんで残つてゐて、明方の夢にそれをはつきり見ることがある。これは夢にみたのではなく、何の用もなくつながりもないことなのに、ふいと思ひ出したのである。明治もまだわかい二十四五年ごろか、もつと前の事だつたかもしれない、麻布一聯隊《れんたい》の兵舎に近い三河台の丘の家にゐた頃のこと。

三河台の家は、私がそこで生れて十八まで暮した家であるから思ひ出すこともしばしばであるが、今おもひ出したのはその家のお客便所のことである。旗本の古いひろい家であつたからむろん上下《かみしも》の便所はあつたが、ある時父が外国勤めから帰つて来てその古い家に西洋間、つまり応接間を建増した、家の一ばん西の隅の方で十六畳位の広さの純西洋風の部屋で、窓のカアテン、壁にかけたいくつもの額、テイブル、びろうどのテイブル掛、椅子、タバコセツト、マツチ皿、かざり棚と本棚、何もかも十九世紀の厚みのある正しい飾りつけであつた。南の窓からは芝庭の向うの芝生の築山、芝の中をうねりまがつた細い道、やや西方に片よつて立つ一本の大きなぼたん桜などが見えてゐたが、その南の二つの窓を通り越した西の壁に一つの扉《ドア》があつて、そこからお客さん便所に入るのであつた。家の人たちはそれを「お手水場《てうづば》」と言つて、家庭用の上下《かみしも》のそれを簡単に「はばかり」と言つてゐた。つまりお客さんのお手を洗ふところであり、家庭用のは、言ふのもはばかりがあるといふ訳で「はばかり」なのだつた。

さて、そのお手水場《てうづば》はもちろん実用のためであつたが、しかし大に芸術的のものでもあつて、まづ中に入ると、とつつきは三畳ぐらゐの広さで南と西に大きなガラス窓があり、南の窓からは海棠《かいどう》や乙女椿や、秋には大きい葉のもみぢなぞガラス越しに見えてゐた。西側の窓の下に洗面所があつて、現代のやうにタイル張りなぞないから、白い竹とゴマ竹とをしやれた縞にはりつめたすのこがあつて、水入れと洗面器が伏せてあり、右手の台の小さい桶から今の水道と同じやうに水が出た。そとに天水桶があつて雨水をそなへてその小桶に通じてあつたやうである。その洗面所の下に籠があつて手ふきの濡れたものを投げ入れるやうになつてゐた。すのこの左手に飾りのない化粧台みたいな棚があつて、小さいタオルのおぼんと櫛やブラシが載せてあり鏡は楕円形のものが掛つてゐた。それから入口の扉に近い壁の小棚には蠟燭立《ろうそくたて》にふとい蠟燭を立てたのが置いてあつた。

その取付《とつつき》の床は一面にじうたんが敷いてあり、細かい赤い花と黒い葉の模様で、小花の薔薇であつたやうに思はれる。そのじうたんを上草履で踏んで右手の壁のまん中にある三尺巾の引戸を開けると、そこが本当のお手水場《てうづば》であつた。西にやや高い窓がずうつと一間だけ通して開いてゐた。泥棒用心に荒い竹の格子があつたやうに思ふ。その窓に向つて応接間寄りの壁に、横に長い六尺の腰掛が壁から壁まであつて奥ゆきは二尺五寸ほどもあつたであらうか、床《ゆか》と同じ赤い小花のじうたんが敷きつめてあり、その真中に孔《あな》があつて黒ぬりの円い蓋がしめてあつた、そこで腰かけて用をすますのである。腰かけると右手に硯箱《すずりばこ》みたいな浅い箱があつて紙が入れてある。左手の壁には軽々とした棚があつて何か横文字の絵入雑誌が一二冊置いてあつたやうだ。

私などの思ひ出せない小さい時分にその西洋間とお手水場《てうづば》が新築されたのだから、父がわかくてニューヨークから帰つて来た時分であつたらうか。その部屋部屋の姿を空に描いてみると、それは若い時の父が長崎に留学して親しみ馴れてゐたオランダの気分がその中に多分にあつたのではないかと思はれる。しかし十九世紀といふものがああいふのんびりした温い厚みのあるものであつたのかもしれない。自分の国の事もよく知らない私だから、もつと広いよその国の事はなほさら分らない。

大むかしアダムとイヴとが二人で暮してゐた時分、世界はひろく場席がありすぎてゐたが、だんだん人間が殖えて、それでもまだ十九世紀の末ごろのお手水場《てうづば》は三坪の場席を持つてゐた。二十世紀の半分を過ぎたいま昭和二十七年である。一度この国は大きな火に出会つて東京の隅から隅まで一つの寂しい野原になつたのだが、また段々に家が出来、住む人もふえて来た。しかしみんなが各自一軒づつの家を建てて住む事はまだ中々むづかしく、まづ部屋を借りて住むとなれば、夫と妻と二人だけ住むには三坪ぐらゐの場席があれば、それで充分といふことに限定されてゐるやうである。私は昔の三坪のお手水場を思ひ出しても、別だんその時代が今よりも愉しかつたと思つてなつかしむのでもない。ただ私ひとりの一生の中だけでもそれほどに世界のひろさが変つて、物の考へ方はそれよりももつともつと変つて来てゐるのだと思ふと、何か笑ひたいやうなをかしな気持になる。

鷹の井戸

今は世にないアイルランドの詩人イエーツが書いた舞踊劇の一つに「鷹の井戸」というのがある。その鷹の井戸がこの世にあるとしたら、どの辺にあるのだらうか？詩人の言葉を借りてみよう。

「はしばみの枝々うごき　日は西にしづむ
風よ　潮かぜよ　海かぜよ
いまは眠るべき時なるを
なにを求めてさまよひ歩く」

その西に沈む夕日も見られて、潮風に吹きさらされた小さい島である。岩と石の険しい道をのぼつて行くと、三本の榛《はしばみ》の樹がどんぐりを落し枯葉をおとす井戸があつた。井戸といふ名ばかりで、水が涸《か》れて落葉にうもれた土のくぼみと見えるけれど、何十年に一度か二度か、ほんの一瞬間そこから水が湧いて、その水をのむ人は老いず死なず、永久に生きられるといふ。その井戸の精が美しいわかい女の姿をして、また或る時は鷹の姿になつて、井戸を守つてゐる。

その水を飲みたくて、若いときにこの島に来たまま、もう五十年も井戸を見守つてゐる老人がゐた。或る時は鷹の声に誘はれて井戸から離れてゐる間に、又疲れてうたたねをしてゐる間に井戸の水が出たらしく落葉のぬれてゐることがあつても、まだ一度も自分の見てゐる前で水の出たことはなかつた。冷たい無表情の顔つきで石に腰かけてゐる井戸の精に、老人は声をかけてみても、精は何も言はない。

さつそうとした一人の青年がこの岩山の崖をのぼつて来た。井戸の秘密をある饗宴の席で聞いた青年は、すぐその席を立つて舟に帆をあげ明方の海をわたつてこの島に来たのである。青年はその榛《はしばみ》の樹のそばの井戸の所在《ありか》を老人に訊いてみるが、老人はもう五十年もこの島にゐて、まだ井戸の水が湧き出すのを見ない。岩と石と枯山のこの島はわかい人の住むところではないと、青年を追ひかへさうとする。青年は井戸の水が湧くのを待つて、自分の掌ですくつてでも二人で一しよに飲まうと約束する。老人は青年に見張りをたのんで岩に腰かけて眠ると、井戸の精はいつの間にか上衣をぬいで、鷹のつばさを垂れて、鷹の声で鳴く。

鷹が鳴く、鷹が鳴く、青年は山の空を高くとぶその鷹を追ひかけてゆくと、その間に井戸の水が湧いてまたすぐ湧き止む。

今から十余年前に東京で「鷹の井戸」の舞踊を見ることが出来た。伊藤道郎氏が老人に、千田是也氏が青年、伊藤貞子氏が鷹の精に扮して、みんなが面《めん》をつけてをどつた。それを見てゐるうちに「鷹の井戸」は西風の吹く遠くの島でなく、もつと近いところにあるやうな気がした。愉しいもの裕《ゆた》かなもの、涼しいものが一瞬間でも湧き出す井戸が、その「鷹の井戸」が、どこかにあるのかしら?

十二月　眠る

お嬢さん

花の里、吉原にその青年は初めて行つたのである。それから十日位すぎて私にその夜のてんまつを聞かしてくれた。彼と私とは年齢の差を越えての友達だつた。青年は古い紳士の家に生れて上品で神経質だつたが、同時に人のおもひもかけない突飛な真似もする人で、その吉原行きも、小説でも書きたい願ひを持つてゐるのだから、世間のうら街道も時々は歩いてみなければと思ひついた結果らしかつた。さてさういふ場所もどうせ行くなら一ばんとびきり上等の店へ行つてみたいと思つて行つたのださうで、たいへん古い立派な店であつたらしい。そこでやり手のをばさんに自分が初めて来た話をすると、彼女は、それではすつかりおまかせ下さい、あなたにちやうどよくつり合ふ人がをります、ここの店で預かり物のやうに大切にしてゐる人を出すやうに申しませうと言つたさうだ。青年の話ではそこの家では湯殿もトイレットもすべて病院のやうに清潔で、強い薬のにほひがしてゐるので、ぼくは遊びに行ったのでなく、入院したやうな気持になりましたと言つてゐた。さてその大切な預かり物みたいな娘といふのが二十位の非常におちついたお嬢さんらしい女性で、三越のウインドウにある物よりもつともつと美しい着物を着てゐた。すこしづつ話をしてゐるうち彼女がぽつんぽつん言つたところでは、東北の或る旧家で父親が事業熱で破産の一歩手前のところまで来てしまつて、彼女は二年間の約束でこの店に来たが、三万円位が父の手にはいつたのださうだ。(その頃の三万円だから、現代の二百万か三百万の値うちであつたらう。)こんなところに彼女が来たことは親類にも土地の人たちにも秘密で、東京の親類へ預けられて勉強してゐることになつてゐて、二年が過ぎたら何も知らん顔で田舎に帰り、無事におよめに行けたら、ゆくつもりだと言つてゐた、さういふ勤めの世界にはいろいろな穴があつて、無事に二年を二年だけで通りすぎることはむづかしい話だと彼は思つたが、彼女は単純にさう信じてゐるらしかつた。彼女は地方の女学校を出たのだが、母の生れた家が四谷の方だつたので、母につれられて東京に来たことはあつたが、母が亡くなつてからは叔父の家にも来ない。故郷では彼女がその叔父の家に来てゐることと思はせてあるのだつた。きれいな人でしたか？　と私がきくと、さう、紫の上といつたやうなふんわりしたわかわかしい娘でした。紫の上よりは背が高いかもしれないと彼が言つた。紫の上だつてそんなに小さくはなかつたでせう？ と私は言つた。それでも、源氏の君より小さかつたらしいと彼が言つたので、笑つてしまつた。私たちは物語の中の人をむかし生きてゐた人のやうに時々錯覚してしまふのである。

彼女は彼に、お客さんはこんなところにいらつしやらない方がよろしいですね。それに、もし私に同情して下さるのなら、もういらつしやらないで下さいね。ここにゐるあひだは、人間でなくただ機械みたいにつとめてゐようと思ひます。いく度もお目にかかるとだんだんおなじみの気持になりさうですからと、まるで兄にでも意見するやうに言つたさうである。彼女はよほど強い気持の人か、それでなければごくうぶな心の娘であつたらう。青年はもうあすこには行きたくない、ひどく気がいたむと言つてゐた。そこの空気が彼が考へてゐたのとひどく違つてゐたので、それを誰かに話したく、私に話したのだらうと思ふ。彼の話は全部ほんとうだと思ふけれど、彼がきかされて来た話が全部ほんとうかどうかは分らない。人はだれしも小説を作つて物語りたい気もちを持つものだから。

とにかく、その紫の上のやうにわかわかしい、そして少しも物怯《ものお》ぢをしないお嬢さんが無事にふるさとに帰つて行つて、今頃は堅気な世界に落ちついてゐることを念じる。

イエスとペテロ

聖書の中にあるイエス・キリストやお弟子たちの話が、人の口から耳へ、思ひもかけない遠くの国に伝へられて、その国のキリストやペテロの話になつてゐることもある。これはアイルランドの民話で、ユダヤ、サマリヤ、ガリラヤの国々がすぐ彼等の村々に続いてゐるやうにも聞える話である。

イエス・キリストがガリラヤの湖《うみ》のほとりや野はらや町を歩かれた時、いつも十二人の弟子がみんなで従《つ》いて歩いたわけではなかつた。さてこれはイエスがペテロ一人だけ連れてゆかれた時の話。

或る日イエスはペテロをつれてガリラヤの湖のそばの山路をゆかれた。日のしづみかけてゐる路傍に老人の乞食がゐた。やぶれた帽子、よごれた服、ひもじさうな眼つきで、通りすぎる二人に恵みをもとめたのである。ペテロはその時ぽつちりばかりの小銭《こぜに》しか持つてゐなかつたが、イエスがどうなさるかと思つてそちらを見ると、イエスはたいそう真面目な顔をして何もやらずに通りすぎてしまつた。かはいさうに、乞食はひもじさうに震へてゐるのにと思つたが、イエスのなさる事だからペテロも黙つてとほり過ぎた。

その翌日おなじ道を帰つてくると、こんどは山賊に出会つた。山賊は瘠《や》せて物すごい顔をして、腰には抜身の剣をさしてゐた。彼はひどく空腹だから何かたべる物を下さいと言つた。ばかな山賊だな、われわれは何も持つてゐやしないのにとペテロが思つてゐると、ふしぎにもイエスはこの男に金を恵んでやつた。「先生、きのふの年寄の乞食には何もやりなさらないのに、なぜあの山賊に金をおやりになつたのです？こちらは二人ですから恐れることはないのです、私は剣を持つてゐますし、あの男は私よりも背がひくかつたです」ペテロはさう言つて抗議した。

「ペテロよ、お前はそとに見えてゐるものだけを見る、しかし内なるものを見、物の裏面を見なければいけない。きのふと今日の私のやり方も遠からずわかる時が来る」とイエスが言はれた。

その後しばらく日かずが経つて、イエスとペテロは山みちを歩いて道に迷つてしまつた。どちらを見ても荒つぽい岩山ばかりで何もない。二人はあるいて歩いてひどくひもじくなり、水が飲みたくてたまらなくなつた。そのうち、雨が降り出し稲妻はぴかぴか光るし、ペテロは動けなくなつた。すると向うのまがりかどから一人の男が歩いて来た。いつぞやの山賊だつた。彼は二人を見て「これは、これは、お二人ともお困りでございませう」と言つて自分の住家としてゐる洞穴《ほらあな》に案内してくれた。山賊は火をたき、酒を出しパンを出し、自分の持つてゐる物は惜しげもなくみんな出して二人をもてなし、新しい藁《わら》を出して寝床に敷き、きれに洗つてある自分の着物を二人に着せて、そのあひだに二人のぬれた着物を火で乾かしたりした。その翌日は途中で二人のたべる弁当も持たせて、道に迷はないやうに中途まで送つて来てくれたのである。ペテロはすつかり感心して、この山賊は世間の善人よりはずつとずつと善人だと思つて別れた。

山賊と別れて一時間ばかり歩いてゐると、一人の男が道に倒れて死んでゐた。なんとそれは、あの年寄の乞食であつた。「かはいさうに、先だつて何か食ふものをやればよかつた。寒いのとひもじいので死んだのでせう」とペテロがいふと、「その男が何を持つてゐるか懐中をさがしてみろ」とイエスが言つた。乞食の懐中奥ふかく銀の小銭《こぜに》がたくさんあり、金貨が二十枚あつた。「なるほど、こいつは嘘つきですね、もうこれから先生のなさることを疑ひません」とペテロはすつかり驚いてしまつた。「ペテロよ、その金貨をもつて行つて向うの湖水に捨ててしまひなさい。人が拾ふことが出来ないやうにするのだ。金といふものはとかく災のもとだから」

ペテロはイエスの言葉どほり乞食の金銀をまとめて、そこの草原を越して湖水に捨てに行つたが、ゆきながら考へた、こんな立派な金貨を水の中に捨てるなんて罪だ。われわれはひもじいこともあるし、寒いこともある。何といつても金《かね》は金《かね》だ。金貨だけしまつて置いて先生のために使ふことにしよう。先生は御自分のことはまるつきり構はない方なのだから。ペテロは銀貨だけじやぶじやぶと湖水に投げこんで罪のない顔をしてもどつて来た。

そのあひだイエスは四方《よも》の景色を見てぼんやりしてゐたが、ペテロを見ると「みんな捨てたか?」ときいた。「捨てました。ただ金貨を二三枚だけ残しました。われわれの懐中《ふところ》ももう殆《ほとん》ど空つぽですから、何かのやくに立つかと思ひます。しかし、それもみんな捨てろと仰しやるなら、もちろん、みんな捨てて来ます」

「ああ、ペテロよ、ペテロよ、お前は私の言葉に従ふべきだつた。お前は欲が深いな。おそらく一生がい貪欲で終るのだらう」

イエスのその言葉のごとくペテロは貪欲で、ペテロの宗派をつぐ代々《よよ》のひじりたちの中にも、ペテロの如く金《きん》を愛する人が多いといはれてゐる。

歳末

　十二月のいろは黄ろい。それは赤や白や青のあひだに来る。けさ、裏のお稲荷さんを訪ねたとき、落ちてる棗《なつめ》の実をふみつぶした。もう長いこと、この秋落ちたままで乾からびてゐたのだが、それでも踏んだらつぶれて、すまなく思つた。じつは、かなりおいしいと思つて、わたしはふだん棗を尊敬してゐるのだ。むかし小さい子供の時分わたしがお母さんの実家に泊りに行つたとき、米ぐらの側に大きな棗の木があつてえび茶いろの実を鈴なりに生《な》らせてゐた。食べながら子供心にたいそう風流におもつた、その味もその風景も。それからこの家を造るとき特に棗を一本さがして来て子供の部屋の北の窓ぎはに植ゑた。

　子供も子供だつた時分には食べたやうだつたが、その後忙しくなり大きくなり、このごろは自分の部屋のそばに何の木があるかも考へない。彼はよその窓の中でもつとおいしくない物をたべそして煙草を吹く、そして言ふ、あのねえ、君！

もずが鳴きながら空をかけまはる。好《い》いお天気ねえ！　鳥がゐるの？　うちのペリコはもう仏さまになつてゐるの、又あしたおいで！　もずを聞くとわたしはなぜか雑司ケ谷の森を考へる。

あるとき外国の人を訪ねた帰り、車が鬼子母神の森をぬけた。もずが盛んに鳴いて夕方だつた。そこに静まりかへつた古いお茶屋があつて、二階も下も障子が閉まつて中はぼんやり明るかつた。その時、どうしたのか、わたしはひどくそのお茶屋に上がりたく思つた。たつた一人で！　屹度《きつと》わたしのなかの気まぐれものが何かめづらしい冒険をしたかつたのだらう。でもその時、何の冒険ができたらう？　人を殺すことか？　愛人を探すことか？　ああ、どつちも骨が折れる！　あの時のもずは黄ろく鳴いた。

こんなにもずの愚痴をいつてゐて、わたしの側にはきのふ雨の中で買つて来た買物の包がひろがつてゐる。近隣に贈るおせいぼの木綿反物なのだ。近隣の彼等は野菜と砂糖をくれる。船が着いたやうにいろんな物が着くと、原始人の心がうれしくなる。まづしいランチエがこの習慣をつづけるのもことしだけと思つて、そのことしだけがもう何年も続いた。たぶん、ことしだけ！

わたしたち律義な怠けものはずゐぶん骨を折つて一年の歳末をとほる。でも、歳暮は殺気だつてゐるから愉快だけれど、正月はつまらない。夜はみんなが早く寝て、ひるまも商店は扉《ドア》をしめて廃都の上に国旗を立てたやうな静けさだ。たべる物だつて何もない！　死んでるやうだ。人が死ぬとき、その前に歳末がある。

ある時わたしは一人の病人をみとつて死なせた。薬と湿布と注射と、医者と洗面器と自動車、運転手のチップ、看護婦のおやつ、こまかくうるさく、やがて「静」が来た。病人も気ぜはしくて何か考へる閑《ひま》があつたとは思はれない。忙しかつたのは彼の幸福だ。そして忙しかつたのは、わたしの幸福だつた。

貴婦人がホテルの七階から飛びおりた。屋上に追ひかけた探偵と彼女の夫が下を見たときには、はるか地上に彼女は黒い一つの塊りだつた。それはニック・カアタアが探しあるいた殺人鬼の最期だ。この国でも今そんな死に方がはやる。めまぐるしく早く済んで薬も何もいらない。しかし又、速度が早いだけで、やつぱり、おちる一瞬間に何年分か何月分かの決算を頭のなかではじくのかしら？　逆さになつて考へごとをしたら目がまはるでせうね！　そんな心配はなく、中途で死んじまひます。いいえそれはね、猫みたいに途中ででんぐり返しをうつて落ちれば、死なずに落ちるさうです。——落ちて見たんぢやないでせう。——頭がおもたいから、わたしはたぶん真すぐに落ちるでせう。そんなこと、頭と脚と、腰と、計つて見なければ、どこが重いか分りませんよ。

まるで逆さに落ちながら物を考へてるやうだ。反物を包みながら考へる。だれか、わたしにも、おせいぼをくれないかな？

井《せい》、泥《でい》にしてくらはれず、旧井《きゆうせい》に禽《きん》なし！　ああ！　さびしいのと寒いのは一しよに来ます。エヂプトのお正月は夏だつたらう。ナイルが汎濫して太陽が赤くきいろく。鰐《わに》は、愉快だつたでせうねえ！

あとがき

もう二十何年か前、昭和の初めごろ、私は急に自分の生活に疲れを感じて何もかもいやになつてしまつた。それまで少しは本も読み、文学夫人といふやうな奇妙なよび名もつけられてゐたけれど、そんな事ともすつかり縁をきつて、ぼんやりと庭の草取りなぞして日を暮すやうになつた。文筆の仕事ばかりでなく、外に出ることも面倒になり、やむを得ぬ義理で人を訪ねる時には、それまでのやうに銀座まで行つて長門や菊のやでおみやげを買ふやうなこともなくなつて、大森駅の前にあつたフランス屋といふ洋菓子屋の菓子折を持つて出かけた。何年かのさういふ生活は精神的な脳溢血の病人みたいな容体であつたかと思はれる。

親にしんせつな私のせがれは、草とりは草取り婆さんを頼みなさい。そして毎日少しづつ読書することですね。それから一週間に一度ぐらゐ映画を見たらどうです？と言つてくれた。私はすぐ草取り婆さんを頼むことにして、本は読まず、映画だけ見て歩いた。一人で見るのだからまことにかんたんで、帰りにはコーヒイを飲んだりして帰つて来た。さて又せがれが言つた、だんだん年寄になると映画をみるのもめんどうになるでせう? 時々随筆を書いてみたらどうです? 日記のやうに毎日何かしら書くことはあります、愉しいことでせうと言つた。

随筆なんて、常識のある人か学問のある人が書くのでせう? 私は常識が足りない人間で、まるきり学はなし、日記はきらいだし、ダメですねと断つた。それでは当分、映画専門ですか? とせがれはしぶい顔をしたがしかし、本は時々買つて来てくれた。軽井沢で私は終戦を迎へた。なじみ深い宿屋の生活であつたから、少しも苦しい思ひはしないで東京に帰つて来ることが出来た。そのとき東京は野つぱらにぽつぽつ小屋が立つてゐて、洗濯ものが白く日光に乾され、かなしい古都のけしきであつた。

もう一度東京生活をするやうになつて、空襲よけにせがれの家の庭に埋めて置いた本なぞがそろそろ届けられて来た。しめつてかびた本もあつたけれど、それを乾したり風をとほしたりしてゐるうち、私はたえて久しい心のふるさとのにほひを嗅ぐやうな感じを持つた。

心も体もひまな私は虫ぼしの本を机に並べて随筆みたいなものを初めて書いてみた。おぼえ書きといふやうな「忘れられたアイルランド文学」といふのを書いた。ペンをもつのを忘れてから二十五六年過ぎてのことである。そのつぎに書いた「仔猫のトラ」といふのはわかい時分に教へて頂いた鈴木大拙博士夫人の思ひ出であつた。これはたつた三枚のもの。そのつぎは詩人イエーツの詩劇「王の玄関」のただあら筋だけ訳した。イエーツが食べものの事ばかり細かく書きならべたのが珍らしく面白かつたのである。そんなやうに日記みたいなものを並べて私は愉快になつてゐた。せがれの言葉を思ひ出したからである。

そのをさない文を書いてゐる私の心は、文よりもつとをさないもので、時々せがれに呼びかけて相談したりすることもあつた。暮しの手帖社から随筆の本を出しませうと言はれたとき、一度はびつくりして、それからすぐ、どうぞお願ひします、と言つた。何千部の本が売れさうもないといふ事なぞ考へるひまもなく、たつた一冊の本の読者を心に思つてゐたので、この世界に生きてゐない彼が私の本を読むはづはないとよく解つてゐても、別の心は彼が読んでくれるとかたく信じてゐるのらしい。「あとがき」には夢でなく、ほんとうの事を言ふつもりでゐながら、やつぱり私はゆめみたいな事を書いてしまつた。

編者解説　ウビガンの香水のような随筆

早川茉莉

十代だった頃の私の「文学学校」、それは熊井明子さんのエッセイだった。愛読していた雑誌に連載されていた熊井明子さんのエッセイ「私の部屋のポプリ」やその連載がまとめられた『私の部屋のポプリ』シリーズ（生活の絵本社発行。のちに河出書房新社からも刊行された）は教科書よりも大切な私の文学のテキストで、いや、文学講座といった方がしっくり来るような素晴らしいもので、その中で出合う著者の名前や本のタイトルは、どれもが翁の竹のように光っていた。午後の図書室で、夕食後の一人時間の中で赤線を引き、メモし、どっぷりとその世界に浸って過ごした。今思うと、何と贅沢な時間だっただろう。熊井明子さんは絶対的な信頼を置く文学の先生であり、私は忠実な熊井学校の生徒だった。

今になって、そうだったのだとある種の確信を持って思うのだが、それらはタンポポの綿毛のように私の心に着床し、芽を出し、花開く時を待っていたのだと思う。実際、その後の私は、鴨居羊子、城夏子、与謝野晶子、松田瓊子《けいこ》、村岡花子、深尾須磨子など、熊井明子さんのエッセイで知った作家、作品にさまざまなかたちでかかわることになった。熊井明子さんに出会わなかったら、そういう私の仕事人生はなかったと思う。

中でも強く心惹かれたのは、『燈火節』（暮しの手帖社刊、第三回エッセイスト・クラブ賞を受賞）、そして片山廣子という名前だった。『私の部屋のポプリ』に収録されている「二月、虹を織る」というエッセイの一部を引いてみる。

「二月、虹を織る」——〈燈火節〉より

アイルランド文学者の、故松村みね子さんが片山広子の名で出された〈燈火節〉（絶版）は季節を追った随筆集で、風変わりで美しくゆかしい文章がぎっしりつまった宝石箱。

（中略）

この本のはじめに、どこの国のものともわからない古い異国の暦が出ていて、それに「二月、虹を織る」とあります。

虹を織る、アイルランド文学、風変わりで美しくゆかしい文章がぎっしりつまった宝石箱、古い異国の暦……。こうした言葉からは、見知らぬ異国の景色が脳裏に広がっていった。何としてもこの本を読まなければと、居ても立っても居られないような思いにかられたものの、当時は今のようなネット社会ではなかったから、それは出合うしかなかった。歌集の一冊はあっさりと手に入れることが出来たが、『燈火節』にはなかなか巡り合えないまま、月日が流れた。私の中でほぼ伝説化していたその本は、何年もたったある日、九州の古書店から私の元にやって来た。一九五三年刊、暮しの手帖社発行のものである。それは恋焦がれた人をやっと振り向かせたような気分だった。届いたときのその喜び、開封するときのときめきと言ったら！　ページを開くと、静かで美しい調べのような随筆が神々しいような光を放ちながらそこに閉じ込められていて、私はその世界に入り込み、夢中で読み耽った。

その一方で私は、『燈火節』に対して、決して馴れ合いにならないように、と自分を戒めていた。この本とのつながりが、愛する人との年月の中で心を開いて行くことと同時に起こり得る馴れ合いのようなものに私自身が向って行かないように、そう自分に言い聞かせつつ、過ごしてきた。私にとって『燈火節』とは、そういう一冊なのだ。

須賀敦子さんは『ユルスナールの靴』(河出文庫)の中で、こんな風に書いている。

人は、じぶんに似たものに心ひかれ、その反面、確実な距離によってじぶんとは隔てられているものにも深い憧れをかきたてられる。

私にとって、片山廣子の随筆は後者である。凛とした姿のままでこの本を私の心に置いておきたいと思う。深い憧れの一冊としてひとつの目指すべき高みとして。

さて、片山廣子である。

片山廣子にはふたつの名前がある。本名の片山廣子とアイルランド文学の翻訳者としての松村みね子。だが、ここでは片山廣子、そして『燈火節』に焦点を当てて書いてゆきたいと思う。

片山廣子は、一八七八年(明治十一年)二月、ロンドン総領事等を務めた外交官、吉田二郎の長女として東京麻布で生まれた。十八歳のときに永田町に移ったが、それまでは麻布三河台の屋敷で育つ。ミッション系の東洋英和女学校卒業後、歌人・佐佐木信綱の門に入る。このあたりについては「徒歩」というエッセイで次のように回想している。

学校を出てから私は佐佐木信綱先生の神田小川町のお宅まで、歌のおけいこや源氏物語のお講義を伺ふため一週一度づつ通つた。ずつと以前中国公使館があつたその坂の下で、永田町二丁目の私の家からは神田小川町までかなり遠かつた。朝九時ごろ人力でゆき、帰りは十二時ごろ向ふを出てぶらぶら歩いて帰ると、ちやうど一時間ぐらゐになつた。小川町から神田橋へ出て、和田倉門をよこに見て虎の門へ出る、やうやく溜池の通りまで来ると、右のほそい道へまがつて山王の山すそのあの辺の道が永田町二丁目だつた。

帰るとお昼をたべてお茶を飲んで夕方まで何もしないで草臥《くたび》れをなほす工夫をしてゐた。それに、その時分の年ごろは遠路を歩いて脚のふとくなることも苦痛の一つだつた。

行きは人力車とはいえ、脚が太くなるのを気にしつつも、帰りはかなりの距離を歩いて通ったところをみると、短歌や古典の勉強にかなり熱心だったことがうかがえる。想像してみて欲しい。色白でスッとした着物姿の深窓の令嬢が明治という時代のまちを人力車で短歌や古典の勉強に通う様子を。まちを歩く姿を。何とすてきなものをたっぷりと包含していたのだろう、明治という時代は。

一八九八年（明治三十一年）一月に『心の花』（当時は『こころの華』）が創刊され、片山廣子も二十歳の頃より歌を発表するようになった。

二十一歳で後に日本銀行理事となる片山貞次郎と結婚し、一男一女をもうける。片山貞次郎は彼女の文学活動に理解があったらしく、結婚後も短歌を発表したり、翻訳するなど活動を続けていたようだが、三十五歳のとき、鈴木大拙夫人・ビアトリスの指導を受け、本格的に翻訳を始める。それまでの翻訳は本名の片山廣子だったが、以後の翻訳には松村みね子を用いている。

このペンネームについては、『燈火節　随筆＋小説集』（月曜社刊）の鶴岡真弓の解説「ひるがえる二色　廣子とみね子」の中に、こんな逸話が紹介されている。雨上がりのある日、電車の中で小さな女の子の傘にこの名が書かれていて、可愛らしいから、と気に入ったものだという。極めて個人的な思いだが、私の中で片山廣子は、どこかエミリー・ディキンスンと重なる部分がある。そしてその静かな姿の中には、誰かになるなんてまっぴら！　という核のようなものの存在を感じていたのだが、案外お茶目な一面もあったのかもしれない。

片山廣子の意外な一面といえば、佐佐木信綱の紹介で出会い、生涯にわたる友情を結んだ村岡花子の随筆に、こんな片山廣子の姿があり、衝撃を受けた。

「ダイヤモンドのつめたい光を愛し、折々、そのようなつめたい光を眼にたたえて、世を、人を眺めた」（「片山廣子さんと宝石」、『村岡花子エッセイ集　想像の翼にのって』）という片山廣子が、夫・貞次郎が亡くなった後、馬込の弁天池に結婚指輪を放り込んだというのである。弁天池の底に眠る結婚指輪、私にはそれは、ハロルドから贈られた金属の円盤を海へ放り投げて、「あれがどこにあるのか、私にはいつも分かっているのよ」と言った『ハロルドとモード』（『少年は虹を渡る――ハロルドとモード』コリン・ヒギンズ著、枝川公一訳、二見書房）のモードとも重なり、少々ロマンティックな解釈をしたりしてしまうのだが、一方で、彼女の、意志の強さ、潔さ、激しさのようなものに触れてドキッとしたというのが本当のところなのである。

余談だが、村岡花子さんの随筆集の一冊のタイトルは『雨の中の微笑』である。思わず、「或る国のこよみ」の三月の「雨のなかに微笑する」を思い出し、二人の随筆のつながりを思ったのだが、『雨の中の微笑』は、『燈火節』の何年も前の刊行であり、それには無理がある。だが、二人の作家の不思議なシンクロニシティに思いは広がる。

片山廣子のさまざまな虹のような色合い。その彼女が、ひと針、ひと針、大事に織り上げた美しい虹の織物のような『燈火節』——。

熊井明子さんはこんな風に書いている。

> 私はただ「夢想をいのちとして生きた」という彼女の、神秘的な透明な世界に限りなく魅せられ、憑かれたように古本屋をまわって、大正年間に出された訳書を探した。
>
> 今、樹々と小鳥と羊歯だけに見守られて、じっと座っていると、『燈火節』の中の何気ない一節や、龍之介の小説や歌などが、幽玄なまでにほのかな対応をもって浮かび上がり、ひとつのつづれ織り《タピスリー》を織り上げていく。

たとえば『燈火節』の「乾あんず」の章で、片山廣子は庭に咲いた忘れなぐさのたくましさを、そして恋心を抑えて一度しか会わなかったソロモンとシバの女王の賢さを語っている。そのとき片山廣子の心は、龍之介の歌、

五月来ぬ忘れな草もわが恋も　今しほのかににほひづるらむ

や、ソロモンとシバの女王の恋を描いた彼の作品『三つのなぜ』と、かすかに響きあっていたのではないだろうか。一度だけ、彼女は『燈火節』の中で芥川龍之介の名をあげているが、それはただ彼の随筆にふれて、二人は違った時間に「夢のふるさと」を覗いて見たのだと言っているだけだ。見事に抑制の利いた、龍之介の思いを裏切らない文章である。

（「軽井沢感傷旅行」、『続・私の部屋のポプリ』生活の絵本社に収録）

芥川龍之介の『或阿呆の一生』の中の「越し人」に綴られた「彼は彼と才力の上にも格闘出来る女に遭遇した。が、「越し人」等の抒情詩を作り、僅かにこの危機を脱出した。それは何か木の幹に凍《こご》つた、かがやかしい雪を落すやうに切ない心もちのするものだつた」という一文は片山廣子についてのものだと言われている。芥川龍之介をしてそのように言わしめる片山廣子の才能、存在。そして、その片山廣子が「花屋の窓」の中で、芥川龍之介の「うめ　うま　うぐひす」を引用しつつ、「静かなおちつきの世界を芥川さんも私もおのおの違つた時間に覗いて見たのであつたらう」と綴つた、抑制の利いた芥川龍之介とのひと色の重なり。熊井明子さんが書いている通り、実に見事である。

また、芥川龍之介だけではなく、明治の文豪たちが語っている片山廣子も、私には実に興味深い。たとえば、森鷗外は片山廣子の翻訳について、目の覚めるようなものだと語っていたようだし、室生犀星もまた、「日本人には珍しい人だ」と語っている。理知的な一方、アイルランド文学の影響を深く受けて、夢幻的な一面もあったという、それぞれの片山廣子なのである。

それはともかく、『燈火節』が世に出たとき、片山廣子はすでに七十歳をすぎており、この随筆集は、ながく文筆活動から遠ざかっていた片山廣子が戦後になってペンをとった晩年の作品である。

この中にとりわけ好きな随筆が二編ある。

そのひとつは「北極星」である。「よる眠る前に、北の窓をあけて北の空を見ることが私のくせになつてしまつた」で始まるこの随筆を一体何度読み返しただろうと思う。そして、普段は空を見上げることも、北極星のことも忘れていたりするのだが、心に何かしらの思いのある夜、見知らぬ土地で過す夜、私は決まって片山さんのこの随筆のことを思い出し、窓を開けて北の空を眺める。

私がきまつてながめるのは、あの「ねの星」つまり北極星である。肉眼でみるとあまり大きくはないが、静かにしづかに光つてまばたきもしない。かぎりなく遠い、かぎりなく正しい、冷たい、頼りない感じを与へながら、それでゐて、どの星よりもたのもしく、われわれに近いやうでもある。人間に毎晩よびかけて何か言つてゐる感じである。

（中略）

私はただ星その物を見て、この世の中の何もかも変つてゆき、また変りつつあるときに、変りない物が一つだけでもそこにあることが頼もしく愉しいのである。

先日、ある方からいただいた絵本に北極星が描かれていて、そうとは説明されてはいないものの、それは「片山廣子の北極星」だと教えてもらった。同じような思いを持つ人がいるのだと嬉しくなったその夜は、星空がことさらに美しく思われた。そんな片山廣子の歌集から、空とか星の歌のいくつかをご紹介したい。

野を歩む我もめづらしうららなる天つ青ぞら我が上にあり

神います遠つ青ぞら幕の如ふとひらかれて見つるまぼろし
思ふこと何もなし今日も生きてある身をよろこびて夕日をあふぐ
月の夜や何とはなしに眺むればわがたましひの羽の音する
芝草のつめたき庭に星見ればをとめごころの又帰り来る
道づれに狐もいでよそばの花ほのかに志ろき三日月のよひ
くろき雲のはしに触れたる星一つ今沈みたり暮るる大ぞら
星一つ青き尾ひきて天の川流るる空の西に消えけり
わがおもひ夕べの雲にふとはせて天《あめ》なる人と歩む一時

星が飛ぶいづこか飛ぶ天の川水ほのじろき夜の大空に
若き日の強き心よくもり日もなほ空を見し清き眼よ
（歌集『翡翠』より）

もう一編は「乾あんず」である。

すべてのものが青む季節、村里の小さな家、「十坪に足りない芝庭である。ひさしく手を入れないので一めんに雑草が交って野芝となってしまった」、その庭に一本の銀杏の樹が立っている。

その庭に一年前から異変がみえた。庭の端には小さな小さな青い花が咲き始めたのである。それは、芥川龍之介が「わが恋も」と歌に詠んだ忘れな草だった。片山さんは雨にも日でりにも、その花をいたわって眺める。忘れな草が咲く芝のあたりは朝日夕日にうす青く煙って見えた。

ある雨の一日、片山さんは、お茶をいれ、そんな庭を眺めながら乾杏子を二つ三つ食べ、様々なことを考える。やがて遠い国の宮殿の夢を見る。

夢から目覚めた片山さんは何か物足りなく思い、一輪の花が欲しいと思う。だが、部屋の中には何の色もなく、あるのは棚に僅かばかり並べられた本の背の色ばかり。

　私は小だんすの抽斗《ひきだし》から古い香水を出した。外国の物がもうこの国に一さい来なくなるといふ時、銀座で買つたウビガンの香水だつた。ここ数年間、朝の手巾《ハンカチ》も香水も抽斗の底の方に眠つてゐたのだが、いまそのびんの口を開けて古びたクッションに振りかけた。ほのかな静かな香りがして、どの花ともいひ切れない香り、庭に消えてしまつた忘れな草の声をきくやうな、ほのぼのとした空気が部屋を包んだのである。村里《むらざと》の雨降る日も愉しい。

　銀座で買ったウビガンの香水、ほのかで静かなその香り――。熊井明子さんは、『夢もようのタピスリー』（集英社刊、絶版）の中で、こんな風にも書いている。

「この宝石箱のような随筆集も、またウビガンの香水も、時の流れのなかに忘れられかけているのは本当に惜しいと思う」

　さらにはこんな風にも。

「もっとも真の生命を持つものは、いつかよみがえる」

私もまた、かぐわしい香りを持つこの随筆の「真の生命」を信じていたので、きっといつか……と、思い続けてきた。だから、こうして文庫としてよみがえったことがとてもうれしい。小さなひと壜の香水を持ち歩くように、バッグの中に入れて持ち歩いてくださる方があるだろうと思うと、この上なくうれしい。

思うに、この随筆集はウビガンの香水の残り香のような一冊なのではないだろうか。特別、インクや紙に香りをつけなくても、香る本というのはあるし、真の生命を持ったものは仄《ほの》かであっても、唯一無二の香りを放ち続ける。そして、ある嗅覚を持った人たちがそれに反応する、そんな一冊だということを、今改めて実感している。

実をいうと、ページの都合もあり、泣く泣く収録を見送った作品がたくさんある。それらについては、『新編 燈火節』（月曜社刊）などをお読みいただけたらと思う。そして、この文庫は、「或る国のこよみ」をベースにして編集したものであることをお断りしておきたい。

ところで、『片山廣子随筆集 ともしい日の記念』の解説なのに、私は、何度も、何度も、熊井明子さんの名前を出し、エッセイを引用している。それは、熊井明子さんが『燈火節』を発見し、私たちにつないでくださったからだ。もしエッセイの中で『燈火節』を紹介してくださらなかったら、私自身、出合うことはなかったと思うし、この稀有な文学遺産は、文学の森の中に眠ったままだったかもしれないと思うからである。熊井明子さんが『燈火節』を、片山廣子を私たちにつないでくださったことに、この場を借りて感謝を伝えたい。

　感謝を伝えたいことがもうひとつ。収録した「遠慮」（雑誌『尖端』創刊号　昭和四年発行に掲載）という詩と「Kの返した本」（雑誌『創作月刊』十月号　昭和三年発行に掲載）という随筆についてである。松村みね子の名で書かれたこれらの作品は、校了間近のある日、「今まで単行本に収録された事は無いと思われます」ということで、ある方が送ってくださったものである。これらの作品について詳しく触れるゆとりはここではないが、収録した随筆、片山廣子のエピソードと響き合う詩をはじめ、単行本未収録の随筆を収録できたことは、編者としてこの上ないよろこびである。

『燈火節』を知らない未来の読者へ。この随筆に出合い、大切にしている読者の方へ。この文庫が未来の読者にとっては新しい出合いとなる一冊となりますように。古くからの読者にとっては再会のきっかけとなる一冊でありますように。そして、またこのウビガンの香水のような文学遺産を次の世代へとつないで行っていただけますように。遠い未来においても、この香りに気づいてくれる読者が、きっと、きっといますように。心からそう願っている。

（編集者）

ちくま文庫

片山廣子《かたやまひろこ》随筆集《ずいひつしゅう》　ともしい日《ひ》の記念《きねん》

二〇二四年二月十日　第一刷発行

著　者　片山廣子（かたやま・ひろこ）
編　者　早川茉莉（はやかわ・まり）
発行者　喜入冬子
発行所　株式会社　筑摩書房
東京都台東区蔵前二―五―三　〒一一一―八七五五
電話番号　〇三―五六八七―二六〇一（代表）
装幀者　安野光雅
印刷所　株式会社精興社
製本所　株式会社積信堂

ISBN978-4-480-43935-2 C0195